2026 현대시를 대표하는

名人名詩 특선시인선

(사)창작문학예술인협의회 / 대한문인협회

연민
시인 강개준

단풍 고아라
시인 강사랑

사랑 택배
시인 강순옥

고깃배와 약속한 어부
시인 강영구

사랑은 무지갯빛
시인 강향옥

가을이니까
시인 권경우

해당화 필 적에
시인 권명옥

겨울 바다
시인 권미정

꽃이 피었다
시인 김락호

5월의 장미
시인 김명수

좋은 사람
시인 김선묵

사랑은 물 흐르듯
시인 김용호

그대가
시인 김윤곤

가을의 노래
시인 김정섭

너 있는 그곳에
시인 김혜정

들꽃의 기다림
시인 김희선

대나무 숲속을 걸으며
시인 김희영

석류의 노래
시인 남상욱

그리움이 하얀 눈을 털며
시인 문익호

너무 슬픈 사랑은
사랑이 아니었으면
시인 민만규

이 가을엔
시인 박경식

민들레의 속삭임
시인 박영애

바람과 바람 바람
시인 박희홍

지는 꽃
시인 서석노

흩어지는 바람이길
시인 성경자

흠 없는 삶
시인 성평기

자화상
시인 송태봉

비상
시인 신향숙

들장미
시인 심성옥

숨겨둔 사랑
시인 염경희

* 스마트폰으로 QR 코드를 스캔하면 시노래를 감상할 수 있습니다.

시인이 시를 쓴다는 것은 세상과 대화하는 것이다.

별마당 도서관에 가서 비치된 모든 책을 읽고 책마다 독후감을 쓰고 그래도 마음과 지식이 부족하다고 느껴지면 국립중앙도서관과 국회도서관에 가서 평생 책을 읽으면 작품성 있는 시, 좋은 시, 멋진 시, 독자가 사랑해 줄 시를 쓸 수 있을까? 하는 의문과 질문을 해보자, 사람마다 생각이 다르고 가치관이 다르기에 정답은 없을 것이다.

오랜 시간 시를 쓰며 수많은 시인의 작품을 심사하고 또 저서의 원고를 퇴고해 주면서 느낀 점은 예술 작품에는 정답이 없다는 것이다. 누구는 어려운 시어와 지식이 있어야 이해할 수 있는 작품을 좋은 시라하고 어떤 사람은 누구나 읽고 해석이 필요치 않으면서 누구나 공감할 수 있는 시가 좋은 시라고 한다.

세상에 좋은 시, 나쁜 시, 별로인 시, 명작과 졸작은 구분할수도 없고 또 구분해서도 안 된다는 생각이다. 명문대 국문과를 졸업하고 시를 썼다고 해서 명작이 될 수 없고 저학력자가 쓴 시라고 해서 졸작이 아니기 때문이다. 예술 작품은 대중이 공감할 때 살아 숨쉬기 시작한다.

사람은 누구나 자기만의 세상이 있다. 자신이 경험한 건 또 누군가로부터 습득한 지식과 체험으로 얻은 이야기들을 시적 언어로 표현하거나 생활 속에서 사용하는 생활 단어들로 시를 쓴다.

시를 잘 쓰기 위해서 국문학을 공부하는 것도 좋지만 자신이 할 수 있는 수많은 경험이 그 사람의 작품을 만들 수 있다. 조용한 독서실에서 읽는 한 권의 책과 자연 속에서 혼자 앉아 사색하면서 읽는 책의 느낌이 다르듯 시는 상념과 단상으로 기억의 저장 형태를 결합해 연속적으로 떠오르는 생각들이 좋은 시를 쓰는 데 도움이 되지 않을까 한다.

문학적 가치가 높게 평가되어 많은 사람에게 알려져 있고 오랫동안 회자하는 작품들을 우리는 名詩라고 한다면 그 名詩는 독자가 만들어간다. 50명의 시인의 작품을 보면서 읽는 사람이 공감하면 좋은 시고, 그 사람의 지식과 경험에 따라 명작과 졸작으로 남을 것이다.

"명인명시 특선시인선"이 출간하기 시작한 지가 벌써 23년이다. 그동안 약 10,000편 이상 시인들의 작품을 수록했다. 그중에 정말 멋진 작품도 많았고 조금 부족한 작품도 많았다. 그 많은 작품 중에 후대에 남을 작품은 후손들이 찾을 것이고 독자의 몫이다. 시인은 자기 작품을 발표하는 것으로서 의무를 다하는 것이기에 2026년도 명인명시 특선시인선을 엮었다.

(사)창작문학예술인협의회
이사장 김락호

* 목차 *

* 목차 *

시인 강개준

시노래
〈연민〉

프로필

출생: 해남 / 현거주: 서울
SJU대학 사회복지 상담과
동아그룹건설사 근무 역임
㈜HSTRC 대표이사 역임
대한예수교 광은교회 장로
경기도지적발달장애인협회광명지부근무
(사)창작문학예술인협의회 회원
대한문인협회 정회원

〈수상〉
국가산업발전 공로상
근로 유공자 노동부장관 표창
지역사회복지실천상(광명시장)
대한문학세계 詩 부문 등단
대한문인협회 한국문학 24년 올해의 시인상
대한문인협회 향토문학상 작품 경연대회 대상
샘문학 특별작품상
한국문학상 우수상
대한문인협회 우리말 시 짓기 공모전 동상

〈공저〉
2025 명인명시 특선시인선
들꽃처럼 제5집
詩 함축적 의미 목소리에 담다
불의 詩 님의침묵 제4호
만화방창 랩소디 제15호
한국문학 김동리 각문 제3호

목차

공저 〈2025 명인명시 특선시인선〉

바람의 언덕 / 강개준

바람이 부는 언덕에 서면
먼 기억들이 풀잎처럼 흔들린다
지워졌다고 믿었던 이름이
저 멀리 들꽃 향기로 피어난다

그때 우리는
햇살보다 먼저 웃었고
소나기보다 먼저 울었다
작은 손을 맞잡는 것만으로도
세상을 다 가지는 듯했지

이 언덕, 이 바람, 이 하늘
모두 그대로인데
우리만 지나간 시간이 되었다
말없이 스쳐 가는 구름 속에
너의 목소리가 섞여 있는 것 같아
나는 자꾸 뒤를 돌아본다

시간이 흐를수록 너는 여전히
내 가장 따뜻한 풍경이었고
내 마음이 가끔 찾아가는
오래된 집 한 채였다
바람이 불어 좋았던 그날처럼
오늘도 이 언덕에 서 있다
다시 오지 않을 계절을
가슴 속에서 한 번 더 꺼내 본다.

몽상가 / 강개준

밤이면 그는 종이배를 접었다
책상 위 별빛 몇 조각 떨어진 자리에서
침묵은 항로가 되었고
숨은 바람이었다

사람들은 말했지
너무 멀리 가면 돌아오지 못한다고
현실은 닫힌 문이라고
그는 대답하지 않았다
문 위에 창을 그렸을 뿐

자주 그는
달의 뒷면을 그렸다
지도에도 없는 도시를 만들고
그 안에서 창을 열었다

그의 노트에는
'가능성'이란 단어만
수백 번 적혀 있었고
그는 그걸 언어라고 믿었다

어느 날 그는 사라졌다
의자 하나가 비었을 뿐인데
공기가 달라졌다

남겨진 건
반쯤 펼쳐진 종이배와
짧은 문장 하나

나는 도망친 게 아니다
나는 걸어 나간 것이다.

가을 국화 곁에서 / 강개준

국화는 말이 없었다
다만 바람을 대신해 고개를 끄덕였을 뿐
내 오래된 그리움이
꽃잎 사이로 조용히 피어났다

당신의 이름을 부르면
노을이 먼저 젖고
햇살도 숨을 고르다
마침내 나뭇잎처럼 떨어졌다

나는 울지 않았다
대신 국화에 내 마음을 맡겼다
눈물 대신 향기가 번져나가고
그 향기 속에서
당신이 조용히 내 이름을 불렀다

삶이란
매듭지을 수 없는 편지 같아서
답장 없는 기다림을
가을마다 한 송이씩 붙인다

오늘도 나는
그 꽃 곁에 앉아
어머니의 뒷모습을 생각한다
등불처럼 늦게 피는 사랑은
언제나 국화 빛이었다.

상상의 바다 / 강개준

저녁의 유리창에 파도가 일렁인다
아직 오지 않은 바람의 그림자가
내 안에서 먼저 불어오기 시작한다

나는 그 바람을 붙잡아
손끝으로 길을 그린다
한 번도 가보지 못한 섬
그곳엔 이름 모를 나의 웃음이 살고 있다

그 섬의 새벽은 물빛보다 더 느리게 피어나
바람이 꽃잎을 데리고 산책을 나서고
잃어버린 시간이 모래알처럼 반짝인다

현실이란 육지는 언제나 단단해서
발자국조차 깊게 남기지 못하지만
상상 속 바다는 내 발 아래서 부서지며
끝없이 새로운 세계를 허락한다

그래서 나는 오늘도 눈을 감는다
보이지 않는 것들이 내게 말을 걸 때
비로소 나는 나를 다시 만난다

그리고 알게 된다
상상은 도피가 아니라 귀향이라는 것을.

흔적 / 강개준

바람이 불었다
그 자리에 있던 나뭇잎 하나가
조용히 방향을 잃었다

누군가는 발자국을 남기고
누군가는 그것을 덮는 눈이 된다
시간은 그렇게
우리의 이름을 지우는 손길이면서
또 다른 이름을 새기는 칼날이다

너와 걷던 골목에
지워지지 않는 그림자가 있다
낮에는 길 위의 금이라 불리고
밤에는 내 마음의 균열이라 불린다

나는 그 금을 따라 걷는다
사라진 것들의 모서리를 손끝으로 더듬으며
남은 것의 모양을 배운다

흔적이란
결국 떠난 자의 이야기로 남은 자가 쓰는 문장
그리고 나는
그 문장의 마지막 쉼표가 되려 한다.

유리 속의 시간 / 강개준

유리병 안에 달이 잠들어 있다
손끝 사이로 스며드는 빛이
어제의 그림자를 흔들고
나는 잠시 나를 잊는다

바람 없는 바람이 속삭이고
뿌리 없는 나무의 노래가 뒤엉킨다
시간은 접히고 접힌 틈마다
별들이 숨는다

모래시계처럼 흔들리는 심장
잊힌 이름들을 세며
기억은 유리 조각처럼
조용히 부서진다

그러나 부서짐 속에서도
빛은 새벽의 침묵을 배회하고
나는 파편들을 모아
다시 나를 짓는다

유리병 밖 세상은 아직 잠들지만
그 안에서 나는
무수한 나를 살린다.

사랑이 아니면 / 강개준

한 줄 기도를 외듯
나는 당신을 부릅니다

이해할 수 없어서
더 깊이 끌어안는 것
그게 사랑이라면

나는 오늘도
말보다 침묵으로
증명보다 기다림으로
당신 앞에 섭니다

사랑은
내가 옳음을 주장하는 순간
작아지는 것임을
저녁마다 배웁니다

내 안의 빛은
때로 너무 약해서
당신의 그림자조차
따뜻하게 느껴집니다

사랑은 다치면서 배우고
쏟으면서 채워지는 것이라면

나는 어제보다
조금 더 비어 있는 오늘로
당신께 나아갑니다.

내 안에 당신은 / 강개준

당신은 이슬이었습니다
새벽을 적시는 숨결
말없이 내려와 메마른 나를 적셨지요
피어나지 못한 내 영혼의 틈마다
살며시 스며들어 생명을 틔우셨습니다

당신은 등불이었습니다
어둠을 걷는 불빛
꺼질 듯한 마음에도 따뜻이 머물며
길 잃은 발걸음마다 불을 밝혀
당신 자신을 다 태워 주셨지요

당신은 문이었습니다
굳게 닫힌 내 안에
자신을 열어 길이 되어 주셨고
죄와 두려움의 벽을 넘어
먼저 들어가 나를 기다리셨습니다

당신은 떡이었습니다
조용히 나눈 사랑
굶주린 내 영혼에 자신을 찢어 주며
당신의 허기를 나로 채우시고
끝내 나를 거룩하게 만드셨지요

당신은 이름이었습니다
부를수록 깊어지는 생명
십자가 위에 심긴 하나의 말씀으로
나는 당신을 몰랐지만
당신은 처음부터 나를 불러 주셨습니다.

연민 / 강개준

너는 모를 거야
네가 식은 커피를 들고
창밖을 바라보던 그날 아침
나는 눈길 닿지 않는 곳에서
천 번쯤 너를 안아보았다는 걸

말 대신 삼킨 숨결이
목울대 너머로 꺼내지 못한 사랑이었고
내가 묶어둔 손끝에는
네가 흘린 작은 슬픔이
매듭처럼 남아 있었지

괜찮다고 말할 수밖에 없었던 건
내 마음보다
네 몸이 더 고단해 보였기 때문이야

그래서였을까
내가 널 사랑한 게 아니라
네가 힘들어 보일 때마다
내가 조금 더 아파졌던 걸지도

연민이라 부르면
사랑이 덜해지는 것 같아서
애써 입을 다물었어
하지만 진심은
때론 아무 말도 하지 못한 채
오래도록 곁에 머무는 일이더라.

묵은 장맛 같은 그리움 / 강개준

시골 장독대엔 아직
당신 손길 닿은 그릇들이 남아 있더군요
묵은 장맛처럼 오래된 그리움도
입안에 맴돌다
목울대를 넘지 못했습니다

이맘때면 어머니
당신은 늘 제일 먼저 일어나
송편 반죽을 하고
햇살보다 먼저 웃으셨죠
"달도 너희들 보고 싶어 올라오는 거다."

지금은 달이 너무 환해서
당신 없는 식탁이 더 조용합니다
말없이 쪼개던 밤톨 하나에도
왜 이리 눈물이 배는지요

전화를 걸 곳도 찾아갈 길도 없으니
나는 오늘도 말씀 묵상하다
기도 끝에 당신을 떠올립니다
주님 안에서 평안하신가요 어머니

한밤이 되면
당신의 이름을 조용히 불러봅니다
달빛에 젖은 희끗해진 내 모습
나도 조금 엄마 닮은 사람이 됩니다
어머니 보고 싶어요.

시인 강사랑

시노래
〈단풍 고아라〉

프로필

대한문학세계 시, 수필 부문 등단
(사)창작문학예술인협의회 회원
대한문인협회 경기지회 정회원

한 줄 '詩' 짓기 전국 공모전 대상
2018년 향토문학 글짓기 경연대회 대상
대한문인협회 경기지회 동인문집 "햇살 드는 창"
2016년 개인저서 "겨울등대" 출간
48인 명인명시 특선시인선 선정
2019년 제2시집
         "꽃이 오는 길에 봄이 핀다." 출간
2023년 "겨울등대" 2쇄
2025년 대한문인협회 작가들 수필 모음집
         "삶이 물드는 순간들"
2025년 제3집 "겨울 아이가 온다" 출간

목차

시작 노트

가을바람에 눈물이 흘러 멈추질 않아
따스한 햇살에 가벼운 옷으로 나갔다가
몸살만 안고 돌아왔다

가을아 너 참 짧다
바람아 너 참 차갑다
눈물과 콧물이 뒤엉킨 날
가을바람 원망해 본다

- 시 〈추풍애(秋風哀)〉 중에서 -

제3시집 〈겨울 아이가 온다〉

첫눈이 온다 / 강사랑

하얀 꽃이 내려와
내 마음은 하늘 미소로
몽글몽글 피어나
마음속 희미한 빛으로
하루 종일 눈꽃 그려

첫눈아 첫눈아
내 마음 헤아려
나에게 좀 머물러 있어 주면 안 되겠니?
첫눈아

온다 첫눈이 온다
애타게 기다리던 그 모습
나의 따뜻한 마음으로 다가가면
냉정하게 돌아서는 너는 눈꽃

가냘픈 안개비처럼 나타나
가슴만 태우고
손끝에서 사라져
아쉬움만 남겨 놓은 채
그리움 되는 첫눈이 온다.

수채화 / 강사랑

비 내리는 풍경 속에 내가 있어

갓 볶은 커피콩 갈아
갈색 커피 향 가득 채워
회색 하늘 속으로 빠져들어
바쁨도 화냄도 없는 시간

비가 내린다
착하고 순한 하루는
나를 숨 쉬게 해

어제는 비가 내렸어
오늘도 비가 내려
아직도 비가 와
비가 많이 내려
내일도 비가 올 거라네
비에 빠진 날
붓 없이 그림을 그려

게으름 피우고
늘어지고 싶은
잠비 내리는 날
내가 수채화가 되어
모두의 숨소리를 평온하게 해.

단풍 고아라 / 강사랑

단풍 고아라
가을 하늘 아래
사랑이 물들었다

노란 은행잎 사이
니 눈빛이 반짝거려
시월 단풍이
그리움 가득해

붉은 단풍잎 사이
두근대는 가슴
시월 단풍이
그리움 가득해

단풍 단풍 가을 단풍
고운 그 모습에
한 없이 눈물이 나.

시나브로 오세요 / 강사랑

숨으로 피어나는 귀한 님아
하늘과 바다가 살천스러워도
고요하고 평온는 이 땅
"시나브로 오세요"

세상이 되는 숨결 내 님아
"시나브로 오세요"

급한 것도 부족한 것도 없이
새벽에 나온 샛별
저녁 개밥바라기
한결같은 마음으로 기다립니다

이 세상을 다 갖고 그 모두에게
기쁨이 되는 님아
"시나브로 오세요"

사랑앓이 / 강사랑

여름비 옴팡지게 쏟아지고
다음날 거짓말처럼
가을이 왔네

가슴 아리도록 투명한 날
말없이 길을 걷는데
그리움의 선으로 보이는 들꽃
또 눈물이 나 사랑앓이

파란 하늘 뭉게구름에 울컥
이유 없이 맥없이 슬퍼지네
너를 품에 안고 있어도 눈물이 나

여름 소나기 지난 후
혼 빠지게 찾아온
가을에 젖어 사랑앓이
내 그리움아

사랑 그게 무엇이길래
나를 이렇게 아프게 해
미치도록 사랑앓이.

가을 남자 / 강사랑

가을바람에 쓸쓸한 남자
텅 빈 마음 아는 사람 있나요

눈물 글썽이는
가장의 뒷모습 애처로워요

가을에 젖어 가을 남자
울지 마세요
가을 들국화 향기가 당신을 위로해요
괜찮아 괜찮아요

풍요로운 가을 들판에
빈곤한 마음을 감추고
한 집안의 무게를 짊어진
외로운 어깨를

누가 알아주랴 이 마음
소리 없이 흐르는 이 눈물을

세상이 당신을 몰라도
내가 당신 다 알아요

가을 하늘 아래서 토닥토닥
내 사랑 전할게요.

루엘리아 / 강사랑

루엘리아, 넌 기억하니?
그 바람 그 속삭임을
너 앞에 서는 순간
주체할 수 없는 바람의 본능
루엘리아 꽃잎을 흔들고 말았어

루엘리아 루엘리아
그 이름도 아름다워라
보랏빛 너를 안으며
참사랑으로 꽃 피우리라

휘감는 바람 속에
흐느적거리는 몸짓은
여름 아침의 영광 소리 없는 행진에
보라 빛깔이 하루를 감싸안았지

한 번의 입맞춤
한 번의 사랑
기억으로 꽃피우는
보랏빛 향기 루엘리아

루엘리아 루엘리아
그 이름도 아름다워라
그 샛바람 기다리며
참사랑으로 꽃 피우리라.

추풍애(秋風哀) / 강사랑

가을바람에 눈물이 흘러 멈추질 않아
따스한 햇살에 가벼운 옷으로 나갔다가
몸살만 안고 돌아왔다

가을아 너 참 짧다
바람아 너 참 차갑다
눈물과 콧물이 뒤엉킨 날
가을바람 원망해 본다

찬바람에 마음도 얼어붙고
가슴속 깊은 곳까지 시리다
눈부신 햇자락에 홀려서
아무 대책 없이 또 걸음을 뗐다

가을아 너 참 짧다
바람아 너 참 차갑다
희망과 절망이 뒤엉킨 날
가을바람 원망해 본다

가을이 가을 닮아서
만남이 짧고 이별이 서글퍼
가을바람이 스며드는 밤
내 가슴속에도 바람이 분다.

그리움 잔원(潺湲)하다 / 강사랑

주르륵 주르륵
눈물이 흐르네요
잊혀지지 않은 사람
생각하면 생각할수록
눈물이 흐르네요

우수수 우수수
가슴이 먼저 우네요
가을 낙엽이 떨어지듯
그리움과 추억이
가슴으로 흐르네요

달빛에 흔들리는 설움이
호수에 출렁이며
종이배는 바람을 싣고
저 멀리 떠나가네요

그리움은 물 따라 낙엽 따라
시간 타고 그대 마음속으로
흘러가네요.

가을 노래 / 강사랑

가을은 시작부터 이별을 알고
마음을 닫고 바람 속에 살아
나뭇잎에 휘감긴 바람
벌써 겨울에 서 있네

가을은 말도 없이 이별하더니
빈 가지 위에 추억만 남기고
낙엽 되어버린 사랑 끝에
쓸쓸한 노래로 머물러 있어

숨이 짧아 눈물 나는 계절
슬퍼서 더 아름다운 계절
가을 단풍 떨어져도 찬란히 빛나

꽃보다 짧은 단풍의 운명
머물지도 못하고 사라진 숙명
바람 속에 춤을 추며
빈 가지에 거짓된 허상만 남기고
덧없는 인생을 가을 노래에 흘려보낸다.

시인 강순옥

시노래
〈사랑 택배〉

프로필

서울 거주
문학공간 / 시조부문 등단
대한문인협회 시 부문 등단
(사)창작문학예술인협의회 회원
대한문인협회 서울지회 정회원
대한문인협회 신춘문학상 장려상 수상
대한문인협회 올해의 시인상 수상
명인명시 특선시인선 선정
대한문인협회 서울지회
　　　　동인지〈들꽃처럼〉 외 다수 공저

목차

시작 노트

언제나 설레게 한 고향 품 언덕,
봄빛 추억과 그리움들.
그 순간을 놓치지 않으려 시로 붙잡았습니다.

삶의 길 위에서 피고 지는 순간들을 노래하며,
사랑과 가족, 계절과 자연의 숨결 속에서
따뜻한 온기를 느끼며 마음의 결을 시로 엮었습
니다.
소박한 일상 속에서도 빛나는 사랑을 전하고 싶
었습니다.

흰 눈 소복이 내리듯 고요히 스며드는 마음으로
이 시집이 누군가의 가슴에
작은 위로가 따뜻한 숨결로 닿기를 바랍니다.

공저 〈2023 명인명시 특선시인선〉

사랑 택배 / 강순옥

작은 새 한 마리
지금은 뭐 하고 있을까
시간 내어 가 봐야겠다
그리움 한 아름 안고서

밥은 먹고 있는지
잠은 잘 자고 있는지
낮달은 보고 있는지
혼자 울고 있진 않을까

바람의 향기 실어
웃음꽃 한 다발
그리움 품에 안고서
이 길을 따라가 봐야겠다

이 밤 새기 전에
도착할 수 있도록

사랑 택배
내 마음 담아서
이 밤 새기 전에
너에게 닿을 수 있도록.

우리 엄마 / 강순옥

아야 허리 좀
밟아봐라
거기 거기다

밤새 끙끙
앓으신 우리 엄마

중년이 되어 보니
이제야 알 것 같습니다

삶의
무지갯빛
무게만큼이나

뼈마디 마디가
아프다고 외칩니다

오늘도
비가 오려나
우리 엄마 넋두리.

남촌의 봄 / 강순옥

딴디는
눈이 오고 그란디
여기는 봄이 왔다

논두렁 건풀 밑에
돌미나리 향도 좋고
밭 둔덕에 보드란 쑥 뜯게
바구니 들고 어서 우국테 가자

우리 엄마
유채꽃이 만발한
마늘밭에서 봄동
갓 쑹쑹 한 아름 뽑아
우물가에 김치 담그러 간다

지금도 내 고향 남촌에는
산유수 산까치 햇살을 나르며
영춘화꽃은 봄보다 먼저 피어
고향의 새봄을 알린다.

산벚꽃 피던 날 / 강순옥

꽃을 좋아하는 꽃순이
꽃을 사랑하는 꽃순이가
산벚꽃 피던 날
무작정 뒷산에 올랐습니다

햇살 한가득 머금은
산벚꽃나무 아래 서서
살며시 기지개를 켜고
하늘을 향해
꽃처럼 웃고 있습니다

산 뜨락에 핀 진달래꽃
노랗게 물든 개나리꽃
산새 소리 들으며 살랑이는
봄바람 타고 춤추는 꽃잎들
산벚꽃나무 아래에서
꽃순이도
꽃처럼 밝게 웃고 있습니다

산벚꽃 피던 날
첫사랑의 추억들이
꽃잎처럼 스멀스멀 피어올라
두 눈을 감고
봄기운을 한가득 들이마시며
그리운 얼굴들이
꽃처럼 다시 피어오릅니다

꽃을 좋아하는 꽃순이
꽃을 사랑하는 꽃순이가
산벚꽃나무 아래 서면
세상 모든 것들이
처음처럼
꽃처럼 아름답게 보입니다.

별 하나 내 마음 하나 / 강순옥

여름밤 별 하나가
조용히 나를 바라보다
속삭이듯 말을 걸었죠
나는 별에게 안부를 전합니다

풀벌레 울음소리 가득한 밤
그 속에 내가 있었죠
흙담집 창가에 핀 나팔꽃처럼
별빛은 반짝이며 웃고 있네요

그 해
여름밤 오빠가 말했었죠
"샛별처럼 꿈을 꿔 봐
어둠을 밝히는 별빛처럼"

별 하나 바라보다
조용히 눈을 감으면
오빠가 속삭이던 그 말이 들려요
넌 지금도 샛별처럼 빛나고 있단다

그래
오빠야 나 여기 있어요
환히 웃던 별빛이
나를 따스히 안아줍니다

우리 집 뜨락에 핀
달맞이꽃 채송화꽃처럼
세월 흘러도 지워지지 않는
당신의 숨결 속삭이던 그곳에

별 하나 내 마음 하나
행복했던 그 시절 노래
사랑이 그리워 불러 봅니다

오빠야 나 여기 있어요.

쑥버무리 떡 / 강순옥

팝배꽃이 필 무렵
햇살 문지방 넘나드는
고향집 툇마루에 걸터앉아
따끈따끈한 쑥버무리 먹고 싶다

쫄깃쫄깃한 쑥 개떡
찹쌀가루 부꾸미 화전도 먹고 싶고
청명에 파릇파릇한 봄 내음
향긋한 쑥버무리를 먹고 싶다

팝배꽃 소담스럽게 필 때면
동구 밖 소 풀 뜯는 소리
산 아래 아이들 웃음소리
디딜방아 소리가 들린다

절구통에 쌀 방아
쿵더쿵쿵더쿵 쿵쿵 찧어
쑥과 쌀가루 살살 버무려
떡시루 김 모락모락 쪄낸다

우리 엄마는 쑥버무리
소쿠리에 확 부어 식히며
벌떼처럼 달려가 꿀떡 먹던
그때 그 시절
꽃고무신 신고 달콤한
쑥버무리 떡이 먹고 싶다.

가을이 참 좋다 / 강순옥

뜨락에 곱게 내려
말을 건네온 가을의
숨결 소리가 참 좋다

바스락바스락
꽃잎 길 찾은 그리움이
하늘 뜻 옴이 참 좋다

허전한 마음 채워주는
꽃잎 향기 추억들이
알알이 맺어 오곡백과
손길 바빠도 참 좋다

누가 이 가을을
가져다 놓았을까
마른 꽃잎에 웃음
쏟아낸다.

오빠 생각 / 강순옥

오빠야
봄이 오기 전에
큰 오빠 생각이
먼저 나와 안부를 전합니다

여긴 서울 하늘 아래
사랑하는 동생 집 뜨락에
봄이 와 꽃소식을 전해 줍니다

아주 작은 꽃잎
영춘화꽃이 들꽃처럼 피었구요
산수유와 목련이 실눈을 뜨기 시작합니다

오빠야
오빠 사는 곳엔
새하얀 수국꽃이 피었나요
아니면 새하얀 눈으로 덮였나요

봄처럼 따뜻한 햇볕 속에 있나요
아니면 겨울처럼 찬바람이 불고 있나요

눈 내리는 밤
꿈속에 몰래 다녀가셨나요

함박눈 내리는 겨울밤
창문을 열어 보니
하늘에 둥근 달이 떠 있네요
그리워 불러봅니다

오빠 사랑해요
오빠야 사랑해요
대답 좀 해 주세요

며칠 전에도 눈 내리는 밤
몰래 다녀갔나요 오빠
오늘이 음력 2월 22일 밤입니다

오빠 잊을 만도 하는데
뜬눈으로 밤을 지새웁니다
오빠 사랑해요
오빠 사랑해요.

겨울 산 / 강순옥

햇살이 안긴
겨울 산에 오르면
사방 길 뚫어 있어 참 좋다

낙엽 수북이 숲 사잇길에
붓 없이 그려내는 빗살무늬
산까치 사로잡혀 나를 부른다

산실에 해가 길면 길수록
야윈 봄 바닷속 물길보다
더 깊숙이 말려든다

하늘과 맞닿는 산세
숲속에 발길 닿은 곳마다
숙연해지는 오감들 기도가 되어

삶 속의 품은 어휘가
노래하듯이 시를 읊는다

어쩌면 그들의 어울림이 좋아
내 온기 고갯마루에 내어주며
산이 좋아 오르고 또 오른다.

고백리에서 / 강순옥

매일 가게 앞을 지나던 그대
나는 그저 스치는
산바람인 줄 알았습니다

그 기척도 모르고 지나쳤고
상처 깊은 나는
그대의 온기조차 헤아리지 못했습니다

전화기 너머
겨울 햇살 아릿하던 날
무작정 백담사로 달려갔습니다

차 한 잔
전화 한 통
그 소박한 청마저
살얼음처럼 밀어냈지요

그대여
지금 어느 산사에 계신가요
당신은 내 마음에
돌덩이 하나로 남았습니다

몇 해 뒤
고요한 눈빛의 스님이
가게 앞에 서 있었을 때조차
나는 또 알아보지 못했습니다

"그대는 여전하시는군요."
그 말 남기고 돌아선 뒤에야
비로소 그대임을 알았습니다

화분 속에 놓아두고 간
깨알 같은 연정도
나는 끝내 밖으로 내놓고 말았습니다

이제야 고백합니다
참 미안했습니다

그대라는 좋은 계절
꽃 진 줄도 모르고
나는 흘려보냈습니다.

시인 강영구

시노래
〈고깃배와 약속한 어부〉

프로필

아호 : 청산(靑山)
경남 고성군 거주
대한문학세계 시 부문 등단
(사)창작문학예술인협의회 회원
대한문인협회 경남지회 정회원

시작 노트

세월은 소리 없이
채워지고

세월은 나그네로
누구에게나 스쳐 가고

세월은 다시 만날 수 없는
추억으로 남지만

- 시 〈추억을 펼쳐본다〉 중에서

목차

공저 〈2025 대한문학세계 가을호〉

고깃배와 약속한 어부 / 강영구

작은 포구의 아침
새벽잠 모르는 어부의
고깃배 엔진 시동 소리가
하루의 시작을 알린다

함께하던 마누라가
저세상으로 간 뒤
일 년 동안 홀로 뱃길을 여는 건
외롭고 힘겹지만

늦잠에 파묻혀
깨지 못하는 이들에게
기상을 재촉하는 통통거리는 뱃소리를
언제까지 들려줄 수 있을까

단골식당에 납품할 것과
아점으로 먹을 횟감을 잡아
하얀 물보라를 일으키며
돌아오는 뱃길은
네가 있어 덜 외롭다

어지간한 센 파도가 아니라면
내일도 너와 함께하겠다고
무심코 약속한다
내일은 분명 더 나음이 있을 꺼야!

쉴만한 그늘 / 강영구

쨍쨍한 햇빛은
기분이 좋지 않았는지
늦은 오후에도

서향(西向)의 처마 끝까지
깊숙이 파고드는
심술을 부린다

텃밭에 가고 싶지만
따가운 햇빛에 놀라
창 너머로 멍하니 바라보는

농부의 안쓰러운 처지에
무성한 느티나무는
호위무사가 되어

햇살을 가로막고
쉴만한 그늘로
든든한 버팀목이 되어준다.

영롱한 은방울 구슬 / 강영구

밤에 내린 비가
시루 옹기에서 잠자던
넓은 연꽃잎 위에
크고 작은 은방울 구슬을
사뿐히 내려놓고 간다

연꽃잎은 은방울 구슬의
그 무거운 몸집에도
아랑곳하지 않으며
힘을 다하여 지탱하고
넓은 쟁반이 되어준다

속이 깊은 연꽃잎은
햇볕이 들면 사라질
영롱한 은방울 구슬을
오랫동안 간직하고 싶어
마지막 힘을 모은다.

진보라 스카프를 두르고 / 강영구

삼 년이 지나서야
활짝 웃는 너를 보며
무슨 말로 표현해야 할지
차마 말을 잇지 못한 채
몇 분 동안 멈춰 선 마음과
둥그런 눈동자

처음 만났을 때에
너의 이름이 어찌나 긴지
가물가물한 기억 속에는
"무늬 대엽 풍란"이라고
그 신기한 모습이
내 마음 깊이 남았지

어느 날 너는
길고 곧은 목에
진보라 스카프를 두르고
내 앞에 섰다
그 순간 또다시 매혹되었고
넌 너무나 아름다웠어.

다듬는 순간에 / 강영구

따가운 햇볕 속에
무성하게 자란 풀과 나무들도
다듬는 순간에 높낮이가 없어지고
확 트인 공간이 아름답게 펼쳐진다

옹졸하고 배려가 부족한 중생들도
겸손한 마음과 온유한 행동으로
다듬는 순간에
이 세상은 사랑이 넘칠 것이다

어찌 온 나라가
지진 물난리 화재 정쟁
전쟁 속에 있는가

이 모든 것은
인간의 탐욕을 다듬는 순간에
말끔히 사라질 것이니
그 빛나는 날을 향해
오늘도 마음을 다듬는다.

글을 쓰는 것은 (3) / 강영구

나의 일상이고
보고 생각나는 대로
백지를 채우고 싶은 욕심이다

누군가
추천하겠다는
흔한 문단에 등단할 것도 아니요

무엇보다
나를 들어내고
자랑하고 싶어서도 결코 아니다

오로지 백지를 채우고
소통의 연결고리로
뇌의 근육을 키우는
일상일 뿐이다.

숨 쉬는 모래알 / 강영구

긴 파고를 일으키며
밀려오는 파도는
모래언덕에 부딪혀
시간의 흔적을 남기고
온 길 되돌아간다

숨 쉬는 모래알이 남아
모여드는 아름다운 곳
남쪽 바다의 작은 보석
남일대의 모래밭은 넓고
은빛으로 반짝거린다

피서객이 떠난 곳
호기심 많은 아이가 모래 위에
추억을 남기고 싶어 하지만
파도는 오래 참음이 없어
그 추억의 흔적을
이내 없애고 만다

그래도
아이는 포기하지 않고
모래밭에 추억을 남기려고
파도가 달랑 말랑한 곳으로
마구 쫓아다닌다

어른은 알고 지낸 듯이
숨 쉬는 모래알과 이야기하며
발바닥이 아픈데도
쉼 없이 맨발로 걸으며
서로 대화를 나눈다.

추억을 펼쳐본다 / 강영구

세월은 소리 없이
채워지고

세월은 나그네로
누구에게나 스쳐 가고

세월은 다시 만날 수 없는
추억으로 남지만

그 추억을
다시 펼쳐 보기 위해
채워지고 스쳐 간 추억을
글에 담아

언젠가 생각나면
편히 누워 천정에 띄우고
지난 세월이 담긴
추억을 펼쳐본다.

성취(成就) / 강영구

삶 속에서
순간마다 결정이라는
중대한 길목에
누구나 서게 된다

그 결정은
통념에 의하지 않고
가지고 있는 지식과
능력을 기반으로
신중하게 정한다

정해진 결정은
급변하는 주위를 살피고
끊임없는 노력으로
성취할 수 있다

성취(成就)는
이루는 것과
가지는 것이 아니고
다른 곳으로 흘려보내는
삶의 통로이다.

헌팅 캡을 쓰는 멋쟁이 / 강영구

삼사 년 전만 해도
촘촘하게 우거지고
짙고 검은 숲속에서
바람에 가지런히 휘날리며
다듬으면 빨리 자라는
멋있는 모습이었다

지금은
세월에 못 이겨
절반은 숲속을 떠나가고
모양이 나지 않아
거울 앞에서 머무는
시간이 길어진다

남은 것들은
은빛으로 변하고
빈 숲속을 감추려고
더운 날씨에도
적 벽돌색 헌팅 캡을 쓰는
멋쟁이가 되었다.

시인 강향옥

시노래
〈사랑은 무지갯빛〉

프로필

경기 부천 거주
한국다온문예 시부분 등단
(사)창작문학예술인협의회 회원
대한문인협회 정회원
대한문인협회 경기지회 정회원

시작 노트

막걸리 담던 노란 양은 주전자
이리 치고 저리 치어 곰보가 된 얼굴
구석진 방 한켠 먼지 친구 삼아
아빠처럼 묵묵히 앉아 있다

빗소리 따라 톡톡 웃음이 번지고
기타 줄 위에선 옛 노래가 흔들린다

- 시 〈빗소리가 좋아〉 중에서

목차

사랑은 무지갯빛 / 강향옥

기억 속 예쁜 모습으로만
살아있고 싶다던 그녀가
머리를 빗으며 옷매무새를 고치고
거울 앞에 앉아 거꾸로 가는 시간을
여행했다는 것을
그땐 몰랐어요

조용히 내 곁에서 빛나고 있던 사랑
빨갛게만 보였던 그때의 사랑
변해버린 색을 외면했지만
사랑은 무지갯빛 빨간색만이 아니었음을
그땐 몰랐어요

차분한 블루도 사랑
부드러운 녹색도 핑크도 사랑
따뜻한 노랑도 사랑이었음을
그땐 몰랐어요

토라지며 흘려보낸 세월
어깨가 굽었다고
사랑이 굽은 것도 아니고
머리가 희다고
사랑이 늙은 것도 아닌데
하트 모양이 아니어도
그 모든 순간이 사랑이었음을
그땐 몰랐어요

우리의 사랑 무지갯빛으로
곁에 있다는걸
영원히 빛난다는 걸 그땐 몰랐어요.

할미꽃 / 강향옥

눈물 젖은 수건에
고이 접어 넣어둔 곶감으로
입에 분칠한 나를
부지깽이 들고 쫓던 할미가
생각이 나네요

멀리서 소쩍새 울음소리
그리움에 노래를 부르면
다 타다만 그리움은
허망함으로 남아 있어요

시린 가슴
긴 곰방대로 불을 지피며
눈시울을 붉히던 할미가
보고파지네요

자고 나면 작아지던 신발
자고 나면 커진다던 할머니

뒤꿈치 접어 슬리퍼 만들고
허리끈 잘라 신발을 묶던
친구 같던 할미가
오늘은 할미꽃으로 피어
소쿠리에 한가득 피어 있네요

할미꽃은 마른 젖가슴으로
다붓다붓 피어나 사위지 않고
그리움이 피어납니다.

※ 사위다 : 불이 사그라져 재가 되다.
※ 다붓다붓 : 여럿이 다 다붓한 모양. 사이가 매우 가깝게 붙어 있다.

해바라기 / 강향옥

밤새 감았던 눈을 비비고
사랑하는 이 사람을
바라볼 수 있는 아침이 찾아와
얼마나 기쁜지 모릅니다

이 사람이 내 이름을 부를 때
대답할 수 있는 입이 밤새 굳지 않아
얼마나 다행인지 모릅니다

사랑하는 이를 위해 밥을 짓고
구겨진 옷깃을 세워주는
센스있는 손이 아직 녹슬지 않아
얼마나 고마운지 모릅니다

이 사람 곁에 앉아
해와 달을 보며 꿈꾸고
모진 풍파 해쳐나 와
낮별과 밤 별을 보며
눈 맞춤하는 이 시간이
얼마나 소중한지 모릅니다

나만 아는 이 사람과
소박한 밥상을 차려놓고
감사기도 할 수 있는 지금이
얼마나 행복한지 모릅니다

주름진 손을 맞잡고
한 걸음 두 걸음
할머니가 갔던 노을길을 걸을 때
지팡이가 되어줄 이 사람이 있어
얼마나 감사한지 모릅니다.

고행 / 강향옥

할미가 넘었던 언덕을
리어커에 흩어진 세월을 신고서
달팽이처럼 해를 등지고
넘어오는 우리 아빠

작대기처럼 딱딱해진 손으로
가문 날 논바닥처럼 갈라진 발로
버리지 못하고
꼭꼭 묶어 데려와
어제 위에 올려놓는 우리 아빠

숨을 쉴 수 없다고 그네들이 소리쳐도
세월을 쌓는다

새가 되어 날아간 날들
쥐가 갉아 놓은 글자들이
여기저기 모여 수군대도 모른 척

신문지 오려 만장 깃발 줄 세우면
나비 따라 글자들이 펄럭이다
해를 따라 날아갈 때
따라간 우리 아빠 순봉이.

벙어리뻐꾸기 / 강향옥

까만 밤 하나씩 꺼져가는
어둠이 짙어가는 저녁
깜빡대는 전구 하나 들어와
곁에 눕는다

허름한 가구에
세월 묻은 옷을 넣고
띠~띠띠 비밀번호를 누르고
아들 생일
아들 생일
큰 소리로 말해놓고
탐탁지 않은 퉁명스런 말투가
점점 멀어진다

굽어든 어깨 옆에
덩그러니 줄을 주렁주렁 달고
열 시 반에 온다는
이빨 빠진 할배를 기다리며
고장 없는 벽시계만 쳐다보는
눈에 매달린 희망하나

시든 꽃잎 꽃씨를 품고
꽃을 틔우려
눈 속에 물을 모으고 있다.

노시인의 나들이 / 강향옥

햇살이 부드럽게 등을 밀어주고
바람이 조용히 길을 쓸어내는 오후

느린 걸음 해맑은 웃음이 커진 신발에
달그락거리던 세월을 끌고
지팡이 끝마다 매달린 기억에
한 번씩 숨을 고르며 앞서 걸어간다

젊은 웃음소리 멀리서 들려오고
그 소리에
노인은 천천히 아주 천천히
하나의 계절처럼 걸어가다
굽어진 허리를 늘린다

지팡이 끝에서 세월이 뚝뚝 떨어지고
발밑의 그림자는
하루를 한 줄씩 읽어 내리며
앞서다가 뒤서다가

다시 지팡이로 리듬을 찍으며
바람에 쉼표를 맡기며
뒤돌아보던 길을 깜박이고
앞서는 낙엽을 따라 걸음을 재촉한다

허름한 방앗간 고소한 냄새
양푼에 숟가락 부딪치던 얼굴들이
생각나는 걸음으로.

빗소리가 좋아 / 강향옥

막걸리 담던 노란 양은 주전자
이리 치고 저리 치어 곰보가 된 얼굴
구석진 방 한켠 먼지 친구 삼아
아빠처럼 묵묵히 앉아 있다

빗소리 따라 톡톡 웃음이 번지고
기타 줄 위에선 옛 노래가 흔들린다

빗소리가 좋아 마음이 풀리고
주전자 속 웃음이 둥글게 퍼진다
기타 한 줄 빗물 한 방울
오늘도 삶이 노래가 된다

어릴 적 아빠 앞에서 불렀던 노래
떴다 떴다 비행기 음정은 가끔 삐끗
그때의 나 지금의 나
여전히 빗소리에 취해 있다

빗방울 춤추고 기타는 장단치고
창밖엔 세상이 젖어 웃고 있다

빗소리가 좋아 마음이 풀리고
주전자 속 웃음이 둥글게 퍼진다

기타 한 줄 빗물 한 방울
오늘도 삶이 노래가 된다

빗소리와 기타 소리
그리고 아빠의 미소가
내 마음속 오래된 노래가 된다.

손주의 열 번째 생일 / 강향옥

손주의 열 번째 생일
나는 깜박했는데
들꽃이 자꾸 쳐다봐 알았어요

어쩌지 어쩌지
학교 가는 길가를 두리번거리는데
들꽃이 살짝 웃으며 말했어요
"나 있잖아요 저를 주세요"
나는 들꽃에게 물었어요
"정말 괜찮아? 아플텐데....."
들꽃은 바람결에 그만
끄덕끄덕 대답했어요

다급한 마음에 들꽃을 들고
뒷짐에 콩닥거리며 기다리던 마음을
손주에게 내밀고
교문 밖 솜사탕 할배가
특별히 높게 더 높게 말아준
하늘색 솜사탕을 건네주자
손주는
달달한 웃음을
봄 햇살보다
더 곱게 더 많이 피워냈어요

그날 이후 나는 알았어요
들꽃도 웃을 줄 알고
사랑은 기역보다 먼저 피어난다는 걸.

이슬의 기도 / 강향옥

꽃이
눈을 감고 깨어나는 동안
한 방울
어둠을 들여다보고
스스로 빛이 되어 매달린다

세상 가장 작은 곳에서
우주가 반짝이듯
떨리는 금빛 위로
젖은 투명함이
숨을 고른다

흐르지 않으려
떨어지지 않으려
순간을 붙잡은 한 생의 맺힘
바람 없는 자리에서
절박도 찬란이 되듯
꽃 위에
별이 내려앉은 줄 알았다

울지 않으려
오래 참은 눈물 하나
빛이 된 채.

단짝 / 강향옥

돌의 심장을 뚫고
한줄기 생이 오른다

그 길은 곧고 단단하지 않아
비틀리고 꺾여도 멈추지 않은 삶이다

수백 번 겨울을 버티며
하늘을 배우는 소낭구
빛이 닿지 않는 틈에서도
뿌리는 희망처럼 깊어진다

바위는 소낭구를 막지 않고
견뎌야 할 세상을 가르치며 묵묵히 견딜 뿐
그래서 알았을까?
상처는 벽이 아니라 길이라는 것을

오늘도 바람이 스친다
굽어진 소낭구와
상처 난 바위 속살이 부르는 노래가
곧게 하늘로 오르고
가슴에 와닿는다.

시인 권경우

시노래
〈가을이니까〉

프로필

대한문학세계 시 부문 등단
(사)창작문학예술인협의회 회원
대한문인협회 부산지회 정회원

시작 노트

햇살이 머물던 자리마다 마음이 자랐습니다.
스쳐 가는 바람 속에서도, 사라짐이 꼭 슬프지만
은 않음을 배웠습니다.
삶은 때로 되새김처럼, 빛은 언제나 가장 낮은 자
리에서 피어나더군요.
이 시들은 그런 깨달음의 조각들입니다.
하루의 끝에도, 따뜻한 볕뉘 하나 스며들기를 바
랍니다.

목차

공저 〈2021 대한문학세계 봄호〉

햇볕이 아까워 / 권경우

풀잎마다 매미 울음이 터지고
장독대 위 고양이는 눈을 반쯤 감은 채
햇살을 더 붙잡으려 한다

밭머리 할머니는 호미를 놓지 못하고
구부린 허리로 흙을 뒤적이며
한 줌 볕을 더 심는다

여물통 곁 얼룩소는 되새김을 늦추고
콧김에 하얀 김을 흩날리며
햇살을 입안에 오래 씹는다

꽃잎은 시들기를 미루고
작은 벌레들마저 날갯짓을 멈춘 채
저무는 빛을 더듬는다

햇볕이 아까운 건
아무에게나 아깝게 여기지 않는
햇볕이기 때문이다.

볕뉘 / 권경우

세 칸짜리 반지하
그녀는 매일같이
어머니의 이불을 털었다

햇빛 한 줄 스미지 않는 창엔
고양이 그림자만
드문드문 다녀갔다

어느 날 문풍지 틈새로
실오라기 같은 빛이 흘러들었고
그녀는 숨죽이며
그 빛을 모아
무릎 위에 덮어주었다

빛은 언제나
가장 낮은 자리부터 스민다
그늘에도 잊히지 않는 온기가 있다는 듯
고요히 비친 볕뉘 한 줌이
방 안을 데운다.

냉이꽃 묵상 / 권경우

가장 먼저 핀 냉이꽃은
크지도 곱지도 않았다

봄 녘에 쪼그려 앉아
하얗게도 피었지

지나가는 이의 눈길에도
지지 않고 피었다

나는 그제야 알았다
가장 먼저 피는 꽃이
가장 오래 기다리는 꽃임을

들길을 걷다
발걸음 멈춘 날

나는 처음으로
꽃들에게
아무 말도 하지 않았다.

부들 / 권경우

물길 곁
허공을 찌르듯
외로이 선 한 줄기 부들

갈빛의 이삭을 매단 채
휘지 않고 자신의 떨림만을 견딘다

진흙을 움켜쥔 뿌리
하늘을 향한 잎 사이로
꽃가루는 금빛으로 흩어지고

보이지 않는 누군가를
위해 피어나는 헛김처럼
그늘 아래 불빛이 된다

아무도 알지 못해도
아무도 기억하지 않아도
그는 늘 자신을 태우며 살아간다

바람에도 꺼지지 않는
불씨 하나로.

빈 그릇에 대하여 / 권경우

한때는
그대의 말에 물이 고이고
내 마음에 연잎 하나 떠 있었습니다

그러다 바람이 지나가고
그릇은 비워졌습니다

누가 덜어낸 것도
누가 엎은 것도 아닌데
어느새 가득하던 것들이 사라졌습니다

우리는 말없이
그 빈 그릇을 바라보았습니다

아마도 인연이란
쥐는 손보다
놓는 손에서 더 오래 남는 것

그래서
더 채울 수 없게 된 마음은
그냥 비워두기로 했습니다.

되새김질 / 권경우

한때 삼킨 말들이
목울대를 지나 되돌아온다
가슴속 네 겹의 방에서
나는 다시 나를 씹는다

첫 방은 후회의 쓴맛
둘째는 침묵의 눅진한 무게
셋째는 오래된 이름 하나를
씹을수록 달게 물고 있다

짐승은 본능으로
인간은 사유로 되새김질을 한다
그건 단순한 생존이 아니라
늦게 오는 이해의 양식이다

말의 찌꺼기들
감정의 껍질까지 바삭이 씹으면
어느 잊힌 진심 하나
혀끝에 살며시 남는다.

절반의 숲 / 권경우

나무 뒤로
사슴 한 마리 뿔만 보인다
뿔은 하늘을 기억하고
눈은 땅을 경계한다

숲은 보이는 쪽으로만 대답하고
숨은 쪽엔 이끼처럼 번지는 침묵이 있다

우리는 언제나
절반쯤 드러낸 채 살아간다
남은 절반은 아무도
쉽게 들어서지 못하는 숲 속

말하지 않은 상처는
옹이처럼 나이테 속에 숨고
말할 수 없는 기도는
젖은 흙 속에서 뿌리를 내린다

만일 누군가
그 나무 뒤까지 다가온다면
나는 처음으로
내 안의 숲을 불러볼 수 있을 것이다.

그날, 파도에게 묻는 말 / 권경우

손끝으로 그리던 이름이
햇살에 젖어 흐려졌습니다

당신을 이해하기엔
내 마음이 너무 일찍 저물었고
그 해의 바다는 늘 말이 없었습니다

모래에 남긴 대답 없는 문장들
당신은 혹시
아무 말 없이 밟고 지나간 적 있나요

사랑은 가끔
기억보다 깊은 곳에 묻혀
흔적보다 오래 아픕니다

이별은 언제나
가장 조용한 파도처럼
되살아나 밀려옵니다
그래서 오늘도 묻습니다

그날 당신은 정말 나를
기억하고 있었나요.

마음의 섬 / 권경우

내 안에는
한 번도 닿지 못한 섬이 있다
그곳은 이름조차 숨긴 꽃이 피고
바람마저 맨발로 걷는다

나는 계절마다
물결 위에 길을 그리지만
바다는 한 장의 거울이 되어
내 발자국을 지운다

그 섬에는
내 어린 날의 웃음과
입술 끝에서 멈춘 사랑이
모래결처럼 가늘게 쌓여 있다

때로는 멀리서 부름이 들리지만
가까워질수록 안개에 스미어 사라진다
그 섬은 가는 곳이 아니라
평생 가슴에 띄워야 할 별이다.

가을이니까 / 권경우

바람의 끝이 얇아진다
은행잎은 마지막 불빛처럼 흔들리고
다람쥐는 나무를 타고
조용히 겨울의 문턱을 찾는다

누군가는 떠나고
누군가는 더 깊어지는 계절
떠남이 꼭 슬플 이유는 없다
사라짐조차 가을의 빛으로 남으니

가을이니까
말보다 고요가 먼저 입을 연다
햇살은 여전히 따뜻하지만
손끝에 닿는 공기는 얇다

바람도 이제 조용히 걷고
빛도 제 자리를 비워준다
고단한 붉은 잎 하나
서리 위에 누워 잠이 든다.

시인 권명옥

시노래
〈해당화 필 적에〉

프로필

대한문학세계 시 부문 등단
(사)창작문학예술인협의회 회원
대한문인협회 부산지회 정회원

〈수상〉
2025년 짧은 시 짓기 전국 공모전 금상
대한문인협회 금주의 시 선정

시작 노트

시에는 맛이 있고
시에는 숨결이 있어야 한다

읽는 이의 마음에
살며시 스며드는 것,
그것이 내가 바라는 시다

보는 순간 피어나고
읽는 순간 향이 되는
꽃 같은 시를 쓰고 싶다

목차

공저 〈2025 대한문학세계 봄호〉

담쟁이 / 권명옥

바람 한 점 없는 날
잎 새 하나하나에 뜻을 실어
초록 입술 찍으며
담쟁이는 더디게 벽을 오른다

말이 없는 차가운 벽에게
먼저 손 내밀어
상처마다 살을 붙이며
하늘 쪽으로 높이 오른다

저 벽이 아무리 높아도
물러서지 않는 것이
가장 단단한 희망

산 위의 산을 한 겹씩 오르면
기어이,
먼 데의 햇살을 한 움큼 담을 것이다.

따사로운 아침 / 권명옥

커피향기가 햇살에 반짝이며
눈앞에 아른거린다

빛바랜 당신의 사진이
아침햇살을 받아 생기를 얻고
내 눈앞에 어른거리는 것처럼

살아 숨 쉬는
당신의 환영처럼

손 내밀어 붙잡아보려 하지만
고운 볼에 내 손을 가져다 대 보려 하지만
당신의 환영은 햇살에 녹아내리고

그리움은 다시
폭설처럼 쌓여만 간다
따사로운 아침햇살에도
켜켜이 쌓인 눈덩이를 녹일 수 없다.

벚꽃이 지는 날 / 권명옥

하늘 귀퉁이
너의 편지처럼 접힌 구름 사이로
벚꽃이 한 잎 두 잎
작은 기도처럼 흩어진다

햇살은 벚나무 등처럼 따스하고
나는 주머니 속에 오래된 꿈 하나
숨기고
가로등 아래 서 있다

떨어진 꽃잎 하나
조심스레 주워 책갈피에 끼우면
잊은 줄 알았던 편지가
꽃잎 따라 돌아오고 있다

너를 생각하니 늘 봄이고
봄을 생각하면 늘 이별이다.

빗속에 갇히다 / 권명옥

당신을 보내고
돌아선 길
가로등 불빛을 받아
물고기 비늘처럼 번뜩이는
빗속에 갇혔다

이별은 당신의 불충 때문이라고
애써 둘러댄 변명이 눈물겨워 였을까
불우한 내 유년을 닮은
못난 마음 때문이었을까

갈 길을 잃은
저문 달
빗속에 갇혔다.

안개꽃 그대이어라 / 권명옥

몽실몽실 꽃송이 동그랗게 말고
까아만 눈동자 반짝이는
안개꽃 그대이어라

하얀 넓은 바다에
파묻힌 붉은 장미
도도히 빛나게 하고
기쁨의 별 무더기는
청초한 미소를 짓는다

스스로를 앞 세운 적 한 번도 없는
소박한 진심
마지막 순간까지 은은한
향기나는 이름
안개꽃 그대이어라.

어미 품 / 권명옥

이슬 묻은 새벽 가지 끝에
햇살 한 줌 품은
어미 새

파르르 떠는 하늘 닮은 입 셋

곡식 한 톨도
같은 모양으로 부리질 한다.

이슬 묻은 새벽 가지 끝에
햇살 한 줌 품은

울 엄마 꽃 / 권명옥

뒤뜰 모란 한 송이
묵은 뿌리로
고운 빛을 한 겹 한 겹 열며 피었습니다

젊은 날
바람 든 꿈 하나 접어 넣고
속울음 삼키며
한 철을 버텨낸 붉은 꽃잎이
마치 슬픔을 으깨어 앉은 당신 같습니다

펼 수 없는 서쪽 모서리에서도
묵직한 아름다움으로
수백의 절망보다 한 줌의 희망을
노래한 빛 같은 미소

유월을 안고
큼직한 꽃송이 피었습니다
자신을 늦게 피운
세상에서 가장 예쁜 울 엄마 꽃입니다.

초록과 붉음 사이 / 권명옥

여름은 둥근 수박이다
초록 외피 속
태양의 심장이 둥둥 떠 있다

하얀 쟁반에 세모 수박 하나
달콤한 여름 한 모금이
목울대를 지나간다

햇살 머금은 빨간 미소
까만 점의 쉼표들
목마른 입속에 오래 잠들 때
여름이 저만치 멀어간다

가장 시원한 기억이
가장 뜨거운 계절 안에 있는
여름은 둥근 수박이다.

코스모스 / 권명옥

바람은 가을을 데리고 왔다
작은 언덕길에
청초한 코스모스
시골 신작로에
수수한 코스모스
해맑은 미소처럼 곱다

귀뚜라미 울음소리에 수줍어도
가느다란 몸매로 청아하게 노래해
사랑하지 않고는 배길 수 없다

코스모스 앞에 서서
어렸을 적처럼 부끄러움을 타면
하얀 그리움이 물안개처럼 피어오른다

내 마음은 코스모스 마음이다
코스모스 마음도 내 마음이다.

해당화 필 적에 / 권명옥

어둠을 밝히는 달빛 사이로
당신이 보고 싶은 밤
해당화 천 송이 사이사이로
당신 얼굴이 아련해

바람 부는 모래밭 끝
핏빛 터지는 꽃망울에 말 못 할 사연
너는 붉은 입술 꼭 다물고
나는 바다에 눈을 씻었지

분홍으로 물들여가는 바닷가
검은 바위도
애틋한 사랑에 눈물 글썽해

내 맘을 애태우는
해변의 불씨 하나 엉성히 꺾어 쥐고
저문 햇살 수평선으로
소망의 촛불 기도를 던졌다.

시인 권미정

시노래
〈겨울 바다〉

프로필

부산 거주
대한문학세계 시 부문 등단
(사)창작문학예술인협의회 회원
대한문인협회 부산지회 정회원

시작 노트

쓴다는 것은 슬픔을 이기는
추억을 옮겨 놓은 이야기 책이다
꾸미지 않은 모습처럼
일상을 옮겨 놓은 일들이
저 넓은 초원에서 푸르게
시들지 않은 꽃밭처럼
가공되지 않은 순수함이
향토 음식처럼
우리의 삶 속에서 살아있는
시의 꽃밭으로 피어나기를

목차

공저 〈어울림2〉

수선화 / 권미정

작은 꽃밭 단둘이 앉아
밤하늘의 별을 보며
노래한다

캄캄한 밤
너를 만나고 너를 만지며
나를 기다리는 키 작은 친구

센치한 얼굴
너에게 빠져든 이 밤

별은 꿈속에서
달빛과 함께
너의 곁에 머문 시간이
애틋한 사랑이 된다.

개나리 / 권미정

노랑 꽃잎
어린아이 소원
담아 피어나고

동아 속 이야기
할머니 품속에서
잠든 별들의 세상

햇볕 따뜻한 봄날에
아기 숨소리 고이 담아
새록새록 다시 피어난다.

다시 봄 / 권미정

실개천 다리 밑
개나리 웃음꽃 피었네

졸졸 물소리
봄이 온다네요
청둥오리 물결 따라
날개 퍼덕이고

봄 마중
어여쁜 아가들
꽃잎 따라 종종걸음
너울너울 춤을 추네

웅크린 몸 햇살 가득
별처럼 반짝이고
아이들의 웃음
함박꽃으로 피어난다네.

편지 / 권미정

지울 수 없는 마음
붙일 수도 없는 글을
고요한 강가에서
펜 없는 글을 써 내려간다

반짝이는 물결 위에
내 마음 적어 보지만
바람은 질투하듯 훼방을 놓는다

그리운 것도 그리움조차도
써 내려갈 수 없는 사연
홀로 떠 있는 나뭇잎 위에
사연 적어보지만
바람과 함께 흔적 없이 떠나는 여행

사랑한다는 말 한마디 못 한 채
강가의 작은 모래알이 되어
나뒹굴다 흩어져 파도에 쓸려 간다.

민들레 / 권미정

봄을 쫓는 여인의 사랑
바람 따라나선 초라한 발길이
어느 돌 숲에 숨어 피어난다

설움도 잊을 만큼 행복 꿈꾸며
담장 밑 햇살 아래
곱게 피어난 노란 민들레

몸 가벼이 바람 따라 날아서
들리지 않은 목소리 찾아
어느 무덤가에 홀로 피어

어두운 밤 불 밝혀 주려는지
노란 민들레 홀씨 되어 날아오른다.

가슴으로 우는 사랑 / 권미정

뜨거운 여름밤
한없이 울어야 하는 이유
그대는 아시나요

불타는 사랑으로 당신을
그리워하다 멍든 가슴
달빛 아래 내려놓는다

흔들리는 바람도 없는 그곳에
몸을 뉘며 뒤척이다 아파하며
구름 속으로 묻어 보내고 싶습니다

별을 보고 이야기하다
달빛에 내 몸 드러날까
고이 숨겨 보지만
가로등 불빛에 들켜버린 마음
가슴으로 울며 곁을 내어 줍니다.

바람이 전한다 / 권미정

흐르는 세월에 파묻힌 지친 삶이
슬픔과 좌절이 밀려오면
고단한 영혼을 바람에 놓는다

말할 수 없이 힘들고 괴로운 나에게
넌 바람이 불지 않으면
인생살이가 싱겁다 했던가

그래
산다는 게 참 힘든 삶이지만
바람이 잠잠하기를 기다리는 것보단
부는 바람을 즐길 줄 알아야 한다고

그 바람을 헤쳐나가는 진리를
터득한 삶이
진정 올곧게 살아가는 방법이라고
바람은 가슴에 속삭인다.

겨울 바다 / 권미정

자아를 찾아 나서는 발걸음
왠지 설레고 가슴 두근거린다

모래알 같은 기억이
물거품처럼 흩어져 사라진다 해도
빈 가슴 채울 또 다른 사유에
그저 행복하다

파도는 멍울진 가슴을 울리고
추운 겨울 바다는
또 다른 아픔을 어루만지듯
되새김질한 다짐으로 희망을 품고
그렇게 또 마음속에
해초가 바위에 붙듯 자리 잡는다

반갑다 인사하는 이 없어도
살을 에는 칼바람이 불어와도
나를 찾아 나선 바닷가는
흐뭇한 사랑으로 가득 채워지는
나만의 하룻길.

봄은 오는데 / 권미정

바람아
내 마음 실어 달려가오
입김 하늘 향해 뭉글뭉글 피어오르고
볕은 머리 위에 몸을 기댄다

오후의 한낮 볼이 알싸해 온다
바람은 나를 밀어내고
코끝엔 물방울 추위에 떨고

너와 함께 햇살 마시며
나란히 키 재기 하자던 말도
허공에 바람이었을까
그냥 스쳐 지나가는 외면의 눈총

꽃 속에 갇혀버린 바람 소리
봄인 줄도 모르고
입 가린 채 눈만 깜박인다

고사리 웃음소리는
언제쯤 다시 피어날까
봄은 오는데.

가을이 오면 / 권미정

가을이 오면
고이 접어둔 그리움 하나 펼쳐 보이는
단짝 친구가 있다

빛이 갈라지는 이야기
샘물처럼 맑아지듯
바라보게 하는 마음들

낡은 낙엽 밑의 옛이야기
새로운 꿈을 꾸게 하고
밑거름 위에 찾아드는 빛
길목 서성인다

나는 빛이라는 말 빗대며
새로운 세상 이야기들을
단풍잎에 새기러 떠나는 발걸음
흔들리는 낙엽 소리
바람과 함께 만들어가는
가을 이야기.

시인 김락호

시노래
〈꽃이 피었다〉

프로필

현)(사)창작문학예술인협의회 이사장
현)대한문인협회 회장
현)대한문학세계 종합문화 예술잡지 발행인
현)대한창작문예대학 교수
현)도서출판 시음사 대표

각종 문예 부분 경연대회, 공모전 등
200여 곳 심사위원 역임.

목차

시작 노트

행동이 나를 따르지 못하는 날엔
말을 합니다

말조차도 나를 따라올 수 없는 날엔
글을 씁니다

그러나
글조차도 나를 이해시킬 수 없는 날엔
시를 씁니다.

시집 〈시애몽〉

꽃이 피었다 / 김락호

그에게서 향기가 난다
아니야
우리의 사랑이 꽃으로
피어서일 거야

그에게서 새로운 세상을 본다
아니야
내가 그의 세상에 들어가 있기
때문일 거야

그에게서 심장 뛰는 소리를 들었어
아니야
나에게서 그의 사랑이 타는
소리일 거야

그에게서 타는 냄새가 난다
아니야
뜨겁게 활활 타고 있는
내 사랑 때문일 거야

그에게서 향기가 난다
아니야
우리의 사랑이 꽃으로
피어서일 거야

그에게서 향기가 난다
꽃이 피었다.

삶을 선물하자 힘들면 / 김락호

마음에는 그리움을 키우며
양손에는 행복을 들고
두 발로 날아서 사랑을 찾아가자

지나가는 바람에는 파란 신발 신겨
빨간 하늘 노란 구름에 우산을 선물하고
뒤뚱거리며 산을 넘는 해에는
지팡이 하나를 선물하자

밤에 묻혀 잠이든 조용한 바다에는
모래 폭풍 같은 바람을 선물하고
돛대 휘날리며 끝없는 창공을 철썩이게 하자

신음하는 바람 소리에는
음표를 달아주며 흥얼거리자

그리하여 목에서는 가래 끓는 소리
가슴에는 피멍이 들어
헐떡이는 숨 막힘으로 노래하자

그리고 환희에 가득 찬 삶으로
희망과 평온을 위해
피의 눈물을 감추고 춤을 추자.

나를 불사르자 / 김락호

自我를 버리고 모든 것이 된 그를 생각한다

욕심이 부른 탐욕에서
마음에 메아리치는 갈망을 잠재우고
우쭐대는 지식의 구렁텅이에서
살아 있는 것의 최상위인 나를 불사르고
그는 산이 되었다

구름이 되었다
개미가 되었다
나를 주워 먹던 바퀴벌레가 되었다

모든 것의 위에서
모든 것의 아래까지
나를 버리고 그가 택한 것은 또 다른 그 모든 것이다

버리고 얻음에서
세상의 원안에 하나만을 존재케 하는
그의 자아는 우주이다

가끔 욕심이 나를 옥죄일 땐
털어버릴 수 없는 허탈감으로
그와 같이 될 수 없는 나를 단죄한다

가질 수 없는 세상을
바둥거리는 나를 단죄한다

내 안에 나를 가둔다.

겨울에 병든 허수아비 / 김락호

하늘이 울어도
그는 거기 서 있다

아니 두 다리가 땅에 박혀 도망갈 수 없었다

지나던 참새가 똥을 싸대도
붉은 입술의 낙엽이 이별을 선언해도
그는 거기서 말이 없어야 했다

삶의 무게를 짊어진 허수아비는
이제 겨울비를 보지 못할지도 모른다

아니 병든 겨울을 보기 싫어서 일지도 모른다

그가 만든 허상의 세상은
마지막 겨울비가 오기 전 누워야 한다

들판에 버려진 삶은
흰 눈이 만든 빛의 그림자를
부신 눈을 감추며 또 다른 내일에 잠든다.

남자가 사는 법 / 김락호

비에 젖은 음악은 영혼을 잃고
별도 없는 허공으로 퍼져나간다

생과 사의 싸움에서는
죽음이 늘 우세하지만
오늘은 내가 살아남아야 한다

이빨 사이에 독설을 끼워 넣고
삶이 주는 고통을 마셔 버리자
그리하여
이 더러운 세상에 떨어진
동백꽃 한 송이를 씹어 먹어야 한다

잿빛 하늘이 물속에서 비틀거리면
시절이 놀다간 자리 누웠던 젊음을 깨워
울울 맺힌 슬픈 영혼의 넋을 달래야 한다

오늘은 젊디젊은 붉은 해가 솟을 것이다
계곡에는 물이 흐르고 들에는 꽃이 필 것이다
그리고 빈틈없이 잘 짜인 행진곡이 연주될 것이다.

시인 김명수

시노래
〈5월의 장미〉

프로필

대한문학세계 시 부문 등단
대한문인협회 정회원
(사)창작문학예술인협의회 회원
2024년 한국문학 올해의 작품상 수상

〈저서〉
시집 [시, 우리 삶의 노래]

〈공저〉
서울지회 동인문집 [들꽃처럼 제5집]

시작 노트

소슬바람 부는 서늘한 계절이 오면
언제나 그렇듯 한 명의 보들레르를
소원하게 되는 것을 계절 탓으로만
돌릴 수는 없나 봅니다.
못다 이룬 꿈의 편린들이 아직 남아
반환점을 훌쩍 돌아버린 삶의 여정을
詩로서 꾸미고 싶어 글을 씁니다.

목차

시집 〈시, 우리 삶의 노래〉

참 기도 / 김명수

이 시대의 꽃으로 살게 하소서

진실과 자비가 메마르고
미움과 분노가 오염시킨 드넓은 대지에
가혹한 바람에도 드러눕지 않는 꽃
가슴속에 원죄의 가시를 곧추세우지 않고
해맑은 민낯과 물려받은 태고의 향기로
시절의 수레바퀴에 오염된 대지를 정화하는
순수의 꽃 그대로 살게 하소서

누리가 이 꽃으로 물들게 하소서

계절의 순환에 맞추어
모두의 마음속에 진리처럼 간직해 온
순수의 씨앗을 온 누리에 뿌려
한결같은 정성으로 새싹을 틔우고
온유하고 고운 마음과 손길로 가꾼다면
마침내 이 꽃들은 피어나 대지를 달릴 것이니
온 누리가 순수의 꽃으로 물들게 하소서.

들꽃의 진심 / 김명수

어느 누가 씨앗으로
이 황량한 들판에 데려다 놓았는지
이유도 모른 채 발아했고
따사로운 햇볕이 품어주고
싱그러운 바람과 빗줄기가 적셔주어
나는 예쁜 얼굴로 피어났다

내 향기가 바람에 실려 날아가니
벌 나비가 자꾸 모여들고
사람들 가던 길 멈추고 유심히 쳐다보며
참 예쁜 꽃이라고 부른다

나는 내가 꽃인 줄 정말 몰랐는데
이제 나는 평생
풀이 아닌 꽃으로만 살아야겠다.

5월의 장미 / 김명수

봄의 하늘가에서
젊은 함성이 아프도록 들려오는
늘 피해가 망상인 듯 헤아릴 수 없던
오월 어느 날

잡초만 무성한 나의 뜰에
아름다운 붉은 꽃잎과 몽환적 향기로
꽃을 모르던 나에게
장미의 이름으로 피어난 그대

고꾸라지던 젊음 포기한 사랑
흔한 석양의 낙조에 넋을 뺏겨가던 내게
요동치는 심장으로
불타는 가슴이 바로 사랑임을 가르쳐 준
너 오월의 장미여!

너를 따려다 가시에 찔려
내 붉은 피 스며들어 새빨갛게 피어나니
더더욱 아름답고 고귀한
오월의 여왕 장미여
너의 아픈 가시도 나는 이미 잊었노라.

가슴에 피는 꽃 / 김명수

밤하늘에 영롱한 별 하나
미소 띤 눈빛으로 내 눈과 맞추다가
그리움이 흥건한 내 가슴속으로 뚝 떨어져
한 송이 분홍빛 꽃으로 피어난다

너는 정녕
나의 별인지, 나의 꽃인지
실패한 첫사랑의 내 아픔인지
떠나던 너의 뒷모습 아직도 기억하는데

그 많은 시간을 거슬러 와서
알 수 없는 너와 나의 긴 여백 훌쩍 지우고
다시 내 가슴속에 이리 예쁘게 피느뇨
참으로 야속하지만 그리운 너

한뉘에 켜켜이 쌓인 그리움이
한밤중 이렇게 무시(無時)로 가슴에 피어나니
너와 나는 끊을 수 없는 연(緣)인지
고스란히 홀로 견뎌야 할 나만의 업보인지!

* 한뉘 : 살아 있는 동안 내내, 한평생 / 순우리말

그 여자 / 김명수

이웃집 담 너머에
볼이 빨간 꽃이 환하게 웃고 있습니다
무심한 척 예쁘게도 피어난 꽃

뒷산 마루에 걸린
낙조의 태양을 사발로 들이킨 듯
내 얼굴은 빨갛게 물들고

어느새
그녀는 내게 꽃으로 다가왔습니다

나를 부끄럽게 물들이던
몇 번의 해는 지고
꽃이 보고 싶어 기웃거렸지만

어두운 담 너머
그 꽃은 보이지 않고
영롱한 별 하나가 비추고 있습니다

그 별은 마치
나를 알고 있다는 듯
나를 보고 반짝반짝 웃고 있습니다

꽃은 지고 별이 떠올랐습니다
으스스 몸을 떨며
내 가슴은 새까맣게 물들어 갑니다

어느새
그녀는 내게 별이 되었습니다.

인연의 끈 / 김명수

갈마에 돛을 높이 올렸지만
노 저어 나갈 수 없고
높새에 연(鳶) 띄우니
연은 홀로 무당 되어 날뛰고 춤을 춘다

이 연(鳶)은 연(緣)이 아니다
잘라버리자

잘 못 얽힌 인연이
가학질 악연으로 돌아와
무망(無望)한 무릉도원 스스로 만들고
민초들 위에 바벨탑을 쌓는 사악함

더불어 토악질 나는 설 설 설

사람아
아서라 인연을 함부로 맺지 말자
그 속에 꽉 찬 것이
무엇인지 가늠할 수 없으니

이젠 찬가를 쉬이 부를 수가 없구나.

* 갈마 : 갈마바람, 남서풍의 뱃사람 말
* 높새 : 높새바람, 북동풍의 뱃사람 말

봄이 오는가 / 김명수

찬 바람 속을 헤치고
한 줄기 훈풍에 실린 그리움으로
봄이 찾아오는가!

동지섣달 지새우고
설핏 돋아난 매화꽃 피우려고
봄이 찾아오는가!

천지간에 꽃들이 떠난 자리
긴 겨울 삭풍에 메마르고 차가워진 거리
사랑을 품지 못하는 가슴들

차갑기만 한 황량한 이곳
삭막해진 영혼에 따뜻한 피 흐르도록
훈훈함으로 봄은 찾아오는가!

유채꽃밭에서 / 김명수

정말 봄이 왔나 봐!

차가운 아스팔트 거리에는
정녕 봄이 올 것 같지 않았는데
제곱으로 피어난 노란 유채꽃밭 거닐면
영혼까지 꿈과 희망의 노란색으로 물들어
정말 봄은 봄인가 보다

꽃으로부터 피어난 봄
꿈과 희망으로 흐드러지게 피어난
예쁜 유채꽃 따다가 곱게 다발로 엮어서
동토에서 아직 깨어나지 못한 이들에게 건네며
이 땅의 봄을 알리고 싶다

진즉 피어난 꽃을 모르고
우리 곁을 찾아온 봄을 모르면
시절을 알 수 없고
세상의 진리도 깨달을 수 없으니
어찌 사랑과 희망인들 느낄 수 있으랴

진정 이 땅에 봄이 왔는데!

억새 / 김명수

하얗게 센 은빛 머리
소슬바람에 휘날려도
차마 부러지지 않으려고
마르고 마른 몸 마음까지 비워냈다

모두 다 손에 손잡고
하늬바람 불 적에 비 한 방울 없이도
새벽이슬로 목 축이고 버티며
억새답게 잘도 이겨냈는데

하여도 생애 챙긴 것이라곤
한 줌도 안 되는 허약한 털 씨앗 몇 닢
질긴 인연을 위해 북망산 찾기 전
털어내어 멀리 날려야 할 판

억세고 모질다 해도
약하디약한 것이 억새인 것을
한달음에 산기슭 달려내려 온 된 삭풍아
우리를 쓰러뜨리지만 말아다오.

가을과 나 / 김명수

추분 지난 9월의 하늘가에서
여물어가던 가을이 사뿐 내려앉아
천지 사방을 가을 물감으로 채색한다

온 산천초목을 색칠하고
내 얼굴과 어깨를 가을 색으로 입히더니
급기야 허한 마음까지도 채색한다

아! 어느덧 나도 가을인가 보다
파릇한 봄날의 기억은 너무 또렷한데
내 여름날은 땀 흘린 것밖에는 기억이 없어

가을도 가고 겨울이 오면
천지는 봄을 다시 또 부르겠지만
나는 결코 나의 봄을 아니 기다리겠소.

2026 명인명시 특선시인선
★
poem art

시인 김선묵

시노래
〈좋은 사람〉

프로필

대한문학세계 시 부문 등단
대한문인협회 경기지회장 역임
(사)창작문학예술인협의회 이사
대한창작문예대학 지도교수

〈저서〉
시집 [그대가 있어 행복합니다]

시작 노트

목련을 바라보는 봄날에도
허전한 가지의 겨울날에도
목련화는 내 맘에 피었습니다.

햇살에 빛나는 목련화 같은
곱살스러운 얼굴들을 품속에 안고
날마다 봄날을 소망합니다.

- 시 〈소중한 사람〉 중에서

목차

시집 〈그대가 있어 행복합니다〉

덧정의 봄 / 김선목

눈꽃 저버린 가지마다
시린 잎망울 올망졸망 꽃망울 지면
찬바람이 머물다 간 가슴마다
신바람이나 설레나

시샘하는 눈꽃 속삭임에도
초연히 타오르는 불꽃 같은 동백 사랑을
정감 어린 가슴에 담아
나도 붉은 꽃이 되고 싶어라

가지에 맺은 정 못 잊어 못 잊어
갈잎에 써 내려간 연서 들추며 돋아난
연하디연한 잎새에 물드는
네가 따뜻해서 좋아라

해마다 하얀 가슴이 녹아내릴 무렵
동백섬을 돌고 돌다가 붉어진 꽃바람이
진달래 언덕에 올라 새살거리는 소리
아, 꽃 피는 봄날이야.

슬하의 강 / 김선목

가뭄 든 강가에서 애간장 녹이고
장마진 강둑에서 애태우던
강물은 흘러갔어도 강은 내 맘의 강이오
사랑옵던 우애가 메말라도
형제는 내 형제라오

산줄기 따라 강줄기 따라 흐르는
물줄기 흘러 흘러가듯이
한줄기 핏줄이 모여 살아온
구들방 아랫목이 정겹지 않았던가

눈보라 속에서 뭉친 우애몽이
때론 삐쭉 대고 구시렁거릴지라도
강이 풀리면 강물이 흐르듯이
마음의 빗장 풀고 정들지 않았던가

파도를 만난 강물의 꿈도
먹구름 탄 빗물의 서러움도
햇발 적시는 소나기처럼 찔끔거리다가
빗발치듯 퍼붓기도 하지만
눈발 녹이듯 살잖소.

여명 / 김선목

허공 속에 발광하던 소요가
달빛 가지에 걸려 고요한 밤
바람 소리도 잠이 들었다

바람에 날려 떠들썩한 현실은
창밖에서 부서지고
이상은 꿈속에서 헤맨다

어둑새벽을 박차고 일어난
참새 소리가 날아와
잠든 봉창을 두드린다

밤안개에 묻혀야 했던 고요가
갓밝이 창가에서
눈을 비비며 창문을 연다.

大地 / 김선목

생명이 탄생하는 핏줄 같은
물의 역사가 흐르는 곳
생명이 뿌리내린 아름다운 강산
이곳이 생명의 땅이다

메마른 땅에 단비가 내리고
나무와 꽃들이 춤추며
온갖 새들과 풀벌레가 노래하는
싱싱한 생동이 신비롭다

돌비알 된비알 언덕을 넘는
굴곡진 삶의 여정은
굴곡진 가람의 모래성을 서성이며
세월의 모래톱을 밟는다

안돌이 돌아가는 인생은
낮은 곳을 흐르는 파문이 일고
파도처럼 소쿠라지다
파도처럼 스러진다

햇발과 너울에 어깨를 내주는 땅
이 땅에서 살다가 가는 생명체가
흙으로 돌아 갈 때에
한 줌의 토양이 될 터이다.

갈바람 소리 / 김선목

풍성한 계절을 부르는 귀에 익은 소리
사랑 실은 날개에 맴돌고
한결같은 몸짓을 살랑거린다

하늘은 푸르고 구름 없는 청명한 날
가을바람 타는 국화 향기가
별만큼 많은 사연을 재잘거린다

코스모스가 날리는 미소를 머금고
햇살을 반기는 바람 소리가
첫눈에 반한 연인처럼 속살거린다

하늘 아래 곱게 물든 향기로운 바람에
고추잠자리 날아와 안기면
하늘 향한 날갯짓 팔랑거린다.

소중한 사랑  / 김선목

햇살을 향해 입을 모은 꽃들이
어미 향한 새끼 새처럼
날마다 "목련화"를 부릅니다

까르르 반겨주는 살가움에
허허허 돌아보는 정겨움이
햇살 같은 기쁨으로 피어납니다

목련화를 활짝 피우기 위해
피붙이들을
소중히 여겨 보살핍니다

목련을 바라보는 봄날에도
허전한 가지의 겨울날에도
목련화는 내 맘에 피었습니다

햇살에 빛나는 목련화 같은
곱살스러운 얼굴들을 품속에 안고
날마다 봄날을 소망합니다.

좋은 사람 / 김선목

햇살 드는 창가에 앉아
바라보는 눈빛과 햇살의 만남처럼
해를 품은 눈빛이 따스한 사람
눈빛에서 눈빛으로 통하는 그런
그런 사람이 좋아요

마냥 웃는 정겨운 얼굴로
맑은 가슴 내어주는 햇살 같은 그런
그런 사람이 그런 사람이 좋아요

달빛 드는 창가에 앉아
바라보는 눈빛과 달빛의 만남처럼
달을 품은 마음이 포근한 사람
마음에서 마음으로 통하는 그런
그런 사람이 좋아요

마냥 웃는 정겨운 얼굴로
맑은 가슴 내어주는 달빛 같은 그런
그런 사람이 그런 사람이 좋아요.

해바라기 / 김선목

일편단심 애타는 바람으로
대지를 박차고 올라
해를 바라보는 태양의 꽃이여!

길고 긴 해를 향한 뜨거운 갈증
간절한 바람
오로지 바라만 볼 뿐이야

기다림에 긴긴 목을 내밀고
황금빛 그림자 밟으며
알알이 까맣게 야물어 가누나!

길고 긴 해를 향한 가을 속으로
가슴 속으로
오로지 물들어 갈 뿐이야.

알알이 / 김선목

모내기 판 막걸리 한 잔에
포기가 벌어 자라나 꽃을 피우고
뜸부기가 둥지를 틀고 자맥질하던 계절은
영글어 고개 숙인 가을 속에 있습니다

뜸부기 울음소리에 파르라니 잔물결 치고
청개구리 우짖던 들녘은 누런 황소 등을 갈아타고
하얀 밥상에 오를 무렵이면
해마다 뿌리내린 곳을 떠나야 하지만

잘될수록 익을수록 깊이 숙이는 이삭에 담긴
사람의 됨됨이 겸손의 의미를
밥맛 살리는 햅쌀의 한해살이 가치를
보배롭고 소중하게 여겨 헤아립니다

한 섬 한 섬을 거두어들이며 생각하고
한 알 한 알을 줍고 돌아보면서
알알이 영근 황금빛 낟알을 두 손에 담아
어루만지는 가을이 하뭇합니다.

임의 발소리 / 김선목

화려하게 외출한 단풍을 바라보니
아름다운 그 사람 만난 듯이
마음이 설렙니다

낙엽이 날리는 바스락거림은
기다리는 발걸음 소리인가
옷깃을 여미게 합니다

낙엽에 쌓인 소망을 밟노라니
그리움에 우는소리인가
애간장을 저미게 합니다

빨간 낙엽에 덮인 사랑을 집어 들고
돌아보면 그림자뿐
바람만 스쳐 갑니다.

시인 김용호

시노래
〈사랑은 물 흐르듯〉

프로필

대한문학세계 시 부문 등단
(사)창작문학예술인협의회 회원
대한문인협회 정회원
대한창작문예대학 졸업
문예창작지도자 자격 취득
향토문학 시 짓기 대상

시작 노트

이 노트는 나의 시가 태어나는 밭이다
손끝으로 흙을 만지듯
계절 따라 변해가는 자연 속에서
떠오르는 시어를 적는다

비가 오고, 바람이 불 때에도
시는 조용히 자라나고
나는 그 옆에서 문장을 가꾼다

삶이 시가 되고
시가 다시 삶으로 돌아올 때
나는 오늘도 이 노트의 첫 장을 연다.

목차

공저 〈시가 열리는 나무〉

사랑은 물 흐르듯 / 김용호

사랑은 거센 강물처럼 다가와
한순간에 가슴을 휩쓸고
햇살 아래 부서지는 물결처럼
뜨겁게 심장을 두드리네

서로의 눈빛이 부딪칠 때
격렬한 파도가 일어나고
거친 바람 속 속삭임마저
깊은 울림으로 스며든다

시간이 흘러도 식지 않고
강물처럼 길을 내며 흐르고
수많은 돌부리에 부딪혀도
결국 서로에게 닿고 마네

멀리 흘러가 닿는 곳마다
사랑은 거친 바다로 번지고
그대와 나 운명처럼
세월 속에서도 타오른다.

고요한 숨결 / 김용호

고요한 새벽을 감싸안고
부드럽게 퍼지는 은빛 숨결
나뭇잎 끝에 맺힌 시간
살며시 아침을 깨운다

강물 위를 스미듯 흐르고
들판 가득 안아 올리면
햇살도 머뭇거리며
조용히 문을 연다

산자락을 쓰다듬으며
길 위에 발자국을 남기고
잠에서 덜 깬 마을을
포근히 감싸안는다

천천히 걷는 바람 따라
조용히 자리를 비우면
맑아진 하늘 아래서
새로운 하루가 빛난다.

하루 / 김용호

이른 새벽닭이 울고
밭고랑엔 빗물이 고여
굽은 손 호미를 쥐고
땅을 쓰다듬는다

뜨거운 햇살이 내려앉고
땀방울은 흙에 스며
파랗게 돋아난 싹이
고개를 내민다

바람 따라 흔들리는
곡식들이 노래하면
굽은 등 기대어 앉아
숨 고르는 짧은 쉼

붉은 노을이 퍼지면
긴 하루가 저물고
별빛 아래 작은 희망
내일도 자라난다.

시간의 루틴 / 김용호

안개 속을 걷는 듯한 아침
꿈에서 깨어났으나 여전히 꿈인
현실과 환상의 틈새에서
나는 또 하루를 숨쉰다

창문 틈으로 스며든 햇빛이
잊고 지낸 감정을 불러내고
그 빛조차 낯설게 느껴지는 날
시간은 고요히 흐른다

반복이라 믿었던 모든 순간이
알고 보니 조금씩 어긋난 선율
그 안에 숨어 있는 미세한 떨림이
우리를 살게 한다

밤하늘의 별빛이
어제와 같은 자리에 떠 있어도
그 빛은 오늘만의 이야기를
기억과 꿈이 얽힌 채 속삭인다.

* 루틴 : 반복 속에 흐르는 일상과 리듬을 담고 있는 시로 표현

그리운 풀빛 고장 / 김용호

저 멀리 들꽃 내음
스며드는 바람결 따라
그곳이 떠오릅니다

구름 머문 산허리
졸졸이는 내 물소리
어린 날 숨 쉬던 그 품
내 마음의 포근한 자리였지요

지금은 멀리 떨어져도
하루 또 하루
그곳을 기다리는 맘으로 되새깁니다

그리움은 풀잎처럼
말 없이 자라고
고요한 눈빛 속에 머뭅니다.

행복의 꽃 / 김용호

햇살이 나뭇잎 사이로 스며드는 아침
고요히 창을 열면 마음이 젖는다
그 따스함이 오늘을 깨우는 시작이
행복은 그렇게 피어난다

말없이 곁에 있는 사람이 있다
눈빛 하나로 온기를 전하는 이가
그 존재만으로 숨이 고요해
사랑은 그런 모습으로 머문다

흔들리는 날들 속에도
가만히 피어나는 작은 웃음이
그 미소 하나가 하루를 견디게 하며
기쁨은 그렇게 자란다

마음의 구석진 곳
오래된 슬픔 곁에도 꽃은 피고
울음 뒤에 찾아오는 고요한 빛이
희망은 그런 곳에 머문다.

너무 깊은 사랑 / 김용호

너무 깊이 사랑했기에
이젠 너 없는 하루가
숨처럼 무겁다

네가 떠난 그날부터
시간은 멈춘 듯 흐르고
나는 너의 그림자 속을 산다

잊으려 눈을 감으면
더 선명해지는 네 미소
지우려 할수록
가슴에 새겨지는 이름 하나

말하지 못했던 사랑이
목 끝까지 차올라
이 밤 눈물이 되어 흘러내린다

다시 돌아오지 않을 너를
매일 같이 기다리는
이 마음 하나
그게 너무 깊은 사랑이었다.

달빛은 저물어 가고 / 김용호

달빛은 저물어 가고
창가엔 마지막 숨결이 머문
지친 하루의 그림자 따라
고요도 천천히 젖어 든다

낮에 남긴 말 몇 조각
바람결에 흩어져
되묻지 못한 마음 하나
밤 속 깊이 스며든다

별빛 하나 떠오를 즈음
그리움도 잠이 들어
텅 빈 가슴 어루만지며
조용히 나를 마주한다

이윽고 창을 닫는다
말없이 하루를
달빛 아래 아무 말 없이
나는 나를 건너간다.

체리꽃 연가 / 김용호

봄바람 부드럽게 스며들면
연분홍 꽃잎 살며시 열리며
햇살에 녹아든 달콤한 향기
속삭이듯 가지마다 퍼진다

한 송이 두 송이 가지에 맺혀
설렘을 품고서 살랑이며
손끝 스치면 날아갈 듯한
가녀린 떨림이 춤을 춘다

하늘로 번지는 꽃의 노래
바람을 타고서 날아가며
흩어지는 그 순간마저
눈부신 봄의 기억이 된다

짧아서 더욱 애틋한 빛
머물지 못해 더 아름다운
체리꽃 한 잎 가슴에 남아
봄날의 꿈이 되어 흐른다.

침묵 / 김용호

말은 가끔 벽이 되지만
침묵은 다리가 되고
너와 나 말없이도 흐르는
고요한 강물이 된다

눈길이 머무는 자리마다
마음이 먼저 닿고
숨결 사이로 전해지는
따뜻한 파문이 인다

소리 없이 피어나는 꽃잎처럼
우리의 침묵은 빛나고
그 조용한 온기는
귓가에 오래 맴돌다

입술보다 깊은 대화
말하지 않아도 다 아는 순간
너와 나 사이
침묵은 가장 아름답다.

시인 김윤곤

시노래
〈그대가〉

프로필

아호: 고니
경상북도 청도 출생
서울 노원구 상계동 거주
대한문학세계 시 부문 등단
(사)창작문학예술인협의회 회원
대한문인협회 서울지회 홍보국장

〈시집〉
1집 [하늘을 사랑하는 이
　　　그 눈빛이 조촐해 구름을 세우더라]
2집 [구름을 세우는 시간]

시작 노트

생각이 꿈을 꾸고 있을 때
무언가를 많이 그리워할 때
심장이 할딱이며 뜀을 뛸 때
세상도 시인도 살아있습니다

시인으로 사는 길을 응원해 준
사랑하는 아내와 가족들에게
깊은 감사를 드립니다

목차

공저 〈들꽃처럼 제5집〉

그대가 / 김윤곤

그대가 나의 하느님입니다

세상이 너무 힘에 겨움에
흔들리고 아파하고 상처받고
치료하던, 힘든 방황을 멈추게

죽음 이후 나를 가슴에 품고
다음 세대로 이어갈 연결고리인
소중한 두 아이를 가지게

이제는 조금 많이 불어난
열세명의 포도송이 온 가족이
사 년간의 꿈같은 꿈길을 산책하게

평생 동안의 꿈이었던
작지만 귀한 가정을 이루게
또 다른 꿈이었던
인생이 담긴 시집도 출간하게

제일 좋은 것은 지금의 나를 믿고
다음 생도 우리 함께 같이 하자는
굳은 언약을 웃으며 해주시는

그대가 나의 종교이랍니다.

*제 사랑하는 아내에게 바칩니다

행복의 섬으로  / 김윤곤

노를 저어라
멀고 먼 지평선 끝으로
우리의 이상과 사랑의 낙원으로

지치다 지친 육체를 끌고서
험난한 산맥을 넘고
아름다운 송림을 지나서

세상의 번뇌를 멀리하고
지금 여기
우리 한 알의 보리수가
영험을 만나서 얻는
안락의 해탈을 위해
노를 젓자꾸나

하아얀 파도가 물결치며 일렁이는
노오란 모래밭의 끝없는 행진이 있는
갈매기가 끼륵 끼륵 울음 울며
평화로운 날갯짓하는 그곳으로
힘차게 노를 젓자꾸나

우리 행복의 섬으로.

샛별 / 김윤곤

어둡고 캄캄한 무한대의 광활한 천체를
헬 수 없이 끊임없이 긴 긴 시간을 여행하는
모든 별들이 가야 할 길을 묻고 그리워하는
모든 별들의 등대이고 고향인 별
시인의 가슴속에 숨 쉬는 별

샛별이 초롱 하게 빛나는 아이들과
웃으며 즐겁게 같이 하이파이브하고
볼살을 보석 만지듯 어루만지고
머리를 쓰담쓰담 쓰다듬으며
세상의 파도를 넘어 무탈히 멋스러운
어른으로 성장하길 기도합니다

우리들 죽음 뒤 우리를 가슴에 품은
다음 세상의 아름다운 주인공인
소중하고 귀한 우리 아이들의
미래를 위해 기도합니다

살아있는 샛별을.

불꽃처럼 / 김윤곤

따사로운 태양 아래 나를 여물게 하여 본다
존재하지 않음을 멀리하고 존재하는 미를 추구한다
저기 꽃이 아름답다 그리고 그것을 지켜보고
정성스러이 가꾸는 이가 있어 더욱 아름답다

솜털 삐죽한 보송한 선인장이 아름답고
아름다움을 느낄 줄 아는 이가 있어 즐겁다
일상에서 오고가는 눈길로써 만남을 느낄 수 있고
한 번의 포옹으로 서로를 인식한다

정성 가득한 말 한마디가 진리요
웃음 짓는 정겨운 욕이 사랑이다

멀리서 보이는 듬직한 산은
어머니의 품속과 같은 포근함이요
보기 좋은 푸른 창공은
아버지의 자애로운 마음이라

산들바람은 내가 되어
세상의 아름다움을 보여주니
이 또한
내가 존재하는 의미이다

더러움과 추함은 인식을 위한 존재이다
타오르는 불꽃을 위한 나무인 것이다

불꽃은 정화이다
아름다움과 추함을 포용한 깨끗하고 순수한 영혼들의 정화이다

존귀한 영혼으로 타올라 스러지며
어둠속에 불 밝히는 불꽃처럼
정화된 시인이 되고 싶다

감성으로 타오르는...

어디에 서 있는가 / 김윤곤

마른 장작은 잘도 타올라
앵두빛 노을 속에 어둠을 더하고
발그레한 네 얼굴은 시름을 이어간다

손을 흔드는 세상의 막바지에서
흔들리 우는 하늘 속의
영롱한 이슬을 품은 검은 염주의 성수

번뇌는 언제나 아득하고
아득한 염원은 하늘의 별이 되어
춥디 추운 대지는 갈라지는구나

포근함이여
메마른 콩팥의 팔려감이
깊은 골짜기 한 줌의 천상초로다
비슬산 정기가 가물가물하고
방가수 영혼의 울부짖음이 들리는 듯하구나

떠난 자는 말이 없고
나루터의 배는 주인을 기다리는데
임은 언제나 돌아올까

우환
사람이 불쌍한 것은 우환이 많음이로구나!

어머니는 / 김윤곤

불합리함에 울컥 박찬
떨어지지 않는 걸음

길을 따라서
공간 속을 헤매다
부르짖는 외치는
깊숙한데 오르는 목메임

안식은 따리워진 한잔에도
쓰라린 가슴을 부여잡고
품고 뿜는 연기에도

다만 허탈한 미소를 베어 물고
발걸음을 뒤로 물림에 같이하시는
떠올리면 가슴 울림이 메아리치는
생각하면 가슴 저림이 공명이 되는
자식들이 삶의 전부인 우리 어머니

두 번은 경험할 수 없는
사람살이로 또 이만큼을
커져갑니다.

홀로서기 / 김윤곤

떠도는 별은 유성이 되어
뜨거움을 사르다 사르다
외로움에 못내 겨워 처박히고

은은히 타오르는 촛불은
서러움에 지쳐 눈물을 흘리고
멈추려 하면 굳어져 버린다

몽글이 피어나는 연기는
아쉬움을 이기지 못해
서려 하면 밀어내고
방울지려 하면 흩어져 버린다

홀로이 서려 하는 이는
밑바닥에서 차오르는
슬픈 고독을
가슴에 기대
하늘을 바라본다.

경계 / 김윤곤

누우런 고치를 벗겨내고
나비가 팔랑이며 날갯짓을

하아얀 알을 깨어내고
독수리가 아름다운 비행을

힘들어도 내가 깨어 내어야지
남이 벗겨주면 생의 마지막

길을 가다가 막혀있을 그때는
내가 여무는 시간의 다가옴

그대 속에 살아있는 그대는
그대가 생각하는 것보다도
훨씬 더 강하고 아름답지요

가만히 눈을 감고 생각하면
내 속에 살아있는 나를 보고

간절히 꿈을 꾸며 그리워하면
세상의 경계 너머 나를 본다.

진주 / 김윤곤

그렇게 태어나길 원하지 않았던
조개가 거친 파도 속에 걸음 하여
위험한 천적들과 거친 세파에
찢어지고 할퀴어진 상처들

진주는 하얀 살들을 보듬고
치료하고 아물 때 생성되는
부산물의 덩어리가 모인 것

세상에 존재하는 수많은 보석들 중
눈물을 뜻하는 단 하나의 보석

별들이 꿈을 꾸는 빛의 진주는
볼품없는 거무튀튀한 껍데기 속
여리디여린 속살이 흘린
피와 땀 그리고 눈물

아픔으로 세워진 눈물의 성.

어머니의 삶 / 김윤곤

찢어지며 울음 참는
악다문 입술마다
조금만 조금만…
마치 불로 지져대는 듯…

아픔을 참지 못함이런가
흐려지는 눈동자엔
방울방울의 눈물이…

몸은 떠나오고서도
차마 심장은 가져오지 못했습니다
표정 없는 가녀린 몸뚱어리는
아직 떨고 있음입니다

수십으로 타오르는 불의 덩어리인지
수백으로 담기는 물 같음인지
작은 초 하나가 타다가 재가 될 때

타원의 불꽃과 뜨거움이
여명의 파람에 배여 물들 때
가만히 접습니다.

시인 김정섭

시노래
〈가을의 노래〉

프로필

대한문학세계 시 부문 등단
(사)창작문학예술인협의회 회원
대한문인협회 대구경북지회 정회원
대한창작문예대학 졸업(2023년)
문예창작지도자 자격 취득

〈수상〉
우리말 시 짓기 전국 공모전 금상 외 다수

〈저서〉
제1시집 [볕이 좋아 걸었다]
제2시집 [가을이 바람을 부른다]

목차

시작 노트

휘영청 밝은 달빛 아래
당신과 함께한 속삭임의 그리움은
눈물겨운 향기 내 마음을 감싸줍니다

코스모스 꽃잎처럼 스쳐 간 추억은
가슴 한쪽에 따스한 온기로 남고
소리 없는 달빛의 그리움은 깊어집니다.

- 시 〈달빛 그리움〉 중에서

제2시집 〈가을이 바람을 부른다〉

가을의 노래 / 김정섭

단풍잎이 춤추는 주흘관 들머리에
부드러운 햇살의 속삭임 속에서
바람의 시간은 그리움을 노래한다

파란 하늘의 맑은 표정을 내리고
회색 구름 갈아입은 차가운 숨결은
대지는 고요한 슬픔을 안은 그리운 여인

밤하늘에 조용한 별빛 같은 그리움아
내 가슴 깊이 담아둔 감정은
당신의 가을 눈빛 속에 사랑처럼 향기롭다

잊지 못할 우리 추억의 색깔로
내 마음속의 캔버스에서 계절의 끝자락
붉은 나뭇잎 가을 사랑은 다시 피어난다.

별을 그려 봅니다 / 김정섭

달이 뜨면 생각나는 그리운 사람
노란 달빛은 어둠을 밝히고
잊힌 시간 속의 추억들을 생각합니다

주름진 손길로 아낌없이 나누어 주시는
당신의 부드러운 그 숨결은
새벽녘의 이슬처럼 머금고 있습니다

당신의 사랑은 나의 별이 되고
노란 달빛 깊은 마음으로
그리움의 심지처럼 내 안을 밝혀 줍니다

당신이 머물던 고향의 둥근달
하나의 별이 되어 그리움을 주시어
따스한 그 사랑을 가슴에 담아 봅니다

깊은 사랑은 가슴에 물들고
별처럼 쏟아지는 당신의 그리움
그 슬픔 같은 사랑의 별을 그려 봅니다.

햇살이 나를 부른다 / 김정섭

새로운 날이 도래되어
새싹이 움트는 개울가 물소리에
신선한 봄의 향기 불어오는 입춘입니다

눈 부신 햇살이 세상을 축복하고
붉은 매화 피어나는 내 사랑에
아지랑이 당신 마음 내 가슴이 품어봅니다

따뜻한 당신 마음
봄날에 샘솟는 잔잔한 삶 속에서
맑은 물 차오르듯 그리움을 채색하고

고운 햇살 꿈꾸는 하늘처럼
나는 봄날의 당신을 노래하고
수채화 풍경에서 사랑을 담아 갑니다

너와 나의 사랑이 활짝 핀 꽃처럼
그리움이 닿는 봄날, 당신을 마중합니다.

그리움 한잔 / 김정섭

노란 달빛 아래 술잔 기울이니
말없이 스며드는 너의 미소가
내 가슴 깊숙이 잔잔히 머무는구나

바람결 따라 아스라이 기억을 더듬어
별빛 한 모금에 너의 모습 술잔에 채워
솔향기 그리움 가슴을 적셔 온다

그리움은 술이 되어 출렁이고
한 모금 사랑이 내 심장에 불을 지피어
변치 않는 약속은 내 마음 눈물 맺는다

술잔 위에 내려앉은 내 마음은
하늘에 걸린 태양처럼 뜨겁게 빛나
천 년 샘물처럼 한결같이 흐른다.

시작 노트 / 김정섭

따뜻한 어느 봄날
맑은 햇살과 길을 걸었습니다

주택가를 지나 공원의 한쪽에
햇살을 내려받은 자줏빛 목련이
발걸음을 멈추게 합니다

바람 스치듯 생각나는 어머니
자목련의 속살 같은 하얀 머릿결은
봄바람에 날립니다

한참을 바라보는 시간 속에서
내 붉은 심장은 눈물을 적시어
자목련 꽃잎에 시작노트를 남겨 봅니다.

나는 그 자리에 있습니다 / 김정섭

가을빛 뜰에 멈추어 서 있습니다
추억의 그림자가 드리울 때
가끔은 당신의 꿈속으로 여행을 떠납니다

내 마음 깊은 곳에 그리움 하나
사랑의 이름으로 내 눈에 담아 순간마다
차가운 서리처럼 아픔이 가슴을 저밉니다

붉게 물든 단풍은 풀잎 사이로 흐르고
갈대는 하얀 수술 은빛 물결을 휘날리며
그대는 내 마음의 검은 눈동자를 가져갑니다

가을 들녘에 낙엽은 춤을 춥니다
사랑이 머무는 그대 잔잔한 미소에
내 마음 빛나는 당신의 별을 바라봅니다.

내 마음속에 용마골 / 김정섭

내 고향 문경에
봄의 향기 가득 피어나고
추억은 촉촉한 봄비가 되어
파란 연못 위에 내 마음을 띄워 봅니다

봄이 찾아오는 용마골
잠시 쉬어가는 숨결 속에서
활짝 피어난 꽃들이 봄을 노래하고

꽃잎 하나에 맺힌 이슬처럼
고향은 하얀 미소로 피어나는 것
맑은 하늘의 아름다운 내 고향
푸른 새싹 돋아나는 향기를 전합니다

내 고향에 돌아온 계절
마음속 언제나 살아 숨 쉬는 문경입니다
새로운 희망이 끊임없이 숨 쉬는
내 고향 용마골의 추억을 그려봅니다.

달빛 그리움 / 김정섭

시원한 바람에 나뭇잎은 물들어
마음이 깊어 가는 아름다운 가을입니다

한가위 밤 고운 달빛이 비치면
그대 손길로 빚은 송편
그 속에 담긴 당신의 정이 생각납니다

가을밤 그리움 가득 찬 기억들
부드러운 달빛 향기 속에 그대 모습이
내 마음에 따뜻하게 스며듭니다

휘영청 밝은 달빛 아래
당신과 함께한 속삭임의 그리움은
눈물겨운 향기 내 마음을 감싸줍니다

코스모스 꽃잎처럼 스쳐 간 추억은
가슴 한쪽에 따스한 온기로 남고
소리 없는 달빛의 그리움은 깊어집니다.

사막의 발자국 / 김정섭

어둠이 허공을 적시는 저녁
커피 향처럼 나를 감싸는
사막의 바람 속 모래 위를 걷는다

길모퉁이 카페의 유리창에
부서져 오는 웃음소리의 갈망은
메마른 밤 덧없는 별빛처럼 사라진다

높은 빌딩 숲에 붉은 노을
나는 사막의 한 점 발자국이 되어
지나간 하루의 흔적을 조용히 새긴다

기억의 모래알 속에 작은 기쁨 하나
언젠가 이 발자국이 사라진 후에도
바람은 그 향기를 기억할까.

일요일 아침 / 김정섭

아침 햇살이 스며들어
잠을 깨우는 부드러운 손길
잠잠한 방 안의 고요를 깨운다

향긋한 커피 향이
따뜻한 가슴으로 다가오는 하루
소리 없는 세상 속에서 아침을 맞는다

가족과의 아침 대화
밝은 웃음소리 눈빛 속에 녹아들어
소중한 시간 내 마음속에 새겨진다

아침 햇살 속에 내 마음도 쉬어가고
풀잎 향기 머금은 이슬 같은 사랑
함께하는 하루의 선물로 오롯이 담는다.

시인 김혜정

시노래
〈너 있는 그곳에〉

프로필

2004년 대한문학세계 시 부문 등단
(사)창작문학예술인협의회 부이사장
대한창작문예대학 지도 교수
시낭송가 인증서 취득

〈수상〉
한국문학 문학대상 외 다수

〈저서〉
제1시집 "어떤 모퉁이를 돌다"
제2시집 "먼, 그래서 더 먼"
제3시집 "돌아보는 시선 끝에는"

〈공저〉
명인명시 특선시인선, 들꽃처럼 1,2,3,4
대한창작문예대학 제6기 졸업 작품집
동반의 여정 외 다수

시작 노트

은은한 향기 품은 초록에
그윽한 가을 내음이 묻어나고
황금으로 수놓아줄 내 마음에도
가을이 오는 소리가 들린다

- 시 〈가을이 오는 소리〉 중에서

목차

제3시집 〈돌아보는 시선 끝에는〉

갈대 인연 / 김혜정

어느 인연되어 오는 강가에
그대가 갈대인 듯 내가 갈대인 듯
서로 하나되어 소리 없이 바라보는
눈길 속에 그리움의 정을 담았다

달빛 한 점 없는 어둠 속에서도
은빛 눈맞춤으로 기다림의 서원을 세워
마주 설 수 있는 날 있다면
행복하다 말할 수 있으리

한줄기 바람에 속절없이 무너지는
갈대의 아린 마음이
우리의 아픈 현실일지라도
그 아픔으로 흘린 눈물 속에
사랑의 빛이 피어오른다면
별빛도 달빛도 아니어도 좋으리.

그리운 이름 하나 / 김혜정

어둠이 발 디디고 선 세상
가만히 눈감으면
아스라한 별빛으로 떠오르는
이름 하나

이슬이 남기고 간
영롱한 발자국에도
그리운 이름 하나
별빛처럼 살아 있음을
그대는 아실까?

늘 꿈꾸는 이별 / 김혜정

나는 늘 이별을 꿈꾸며
주어진 오늘을 품고 삶을 배워간다
세상에는 이별하지 않는 것은 없다

봄날, 그토록 아름다운 향기를
피워 올리던 꽃들도
한줄기 바람에 낙화하여
미래의 희망을 꿈꾸듯이
이별이란
만남의 또 다른 의미이기도 하기에
미래의 삶을 희망으로 삼으며
열망과 열정을 쏟는다

이별이 아플수록 마주서는 인연은
더욱 소중하고 살뜰하기 때문이다.

시선 / 김혜정

하루 속에 깊이 묻혀버린 시간은
어둠을 타고 소리 없이 흐른다

이름 모를 풀벌레 울음소리 따라
떠돌던 스산한 바람 한 줄기
홀로 선 가로등 아래
낯선 듯 두려운 눈빛의
기다림이 애처롭다

창가에 기대선 어둠 속 그림자 하나
고개 숙인 낮은 시선 끝에
매달린 쓸쓸한 그리움
황량한 벌판에 홀로인 듯
교차하는 시선이 나를 닮았다.

고독 / 김혜정

그리움 하늘빛으로
떨어지는 언덕
바람꽃으로 누워 있는
슬픈 시절 속에
나는
한 잔의 술을 들고
에메랄드빛 고독을
털어내고 있다.

달맞이 꽃 / 김혜정

한낮의 긴 기다림이
아스라한 별빛되어 은하수로 흐를 때
노란 그리움 하늘 향해 피어나는 너는
나의 애처로움이다

네가 잠든 꿈결에도
먼 창가에 홀로 기다리며
다정한 눈길 받지 못하는 너는
나의 아픔이다

온 밤의 빛을 세워 밝히며
고즈넉이 피었다
햇살 내린 아침이 오면
쓸쓸히 시든 향기에 눈물짓는 너는
나의 슬픔이다.

고향에서 / 김혜정

동녘 하늘 저편
태양의 붉은 입맞춤 속에
밤새 짙은 잿빛으로 덮였던
먹구름이 회오리를 그리며
하얀빛 되어 흩어지는 사이로
시리도록 청명한 하늘이
하루를 열기 시작한다

영롱한 이슬 머금고
반짝거림으로 눈부신 황금들녘
까치들이 한바탕 벌이는
굿모리장단으로 아침에서 깨어난다

짧은 하루의 여정 속에
풍요로움이 익어 가는 소리
탐스럽게 영그는 정겨움으로 들려오고
맑고 파란 하늘만큼이나
넉넉하고 인심 좋은 내 어머니의
움직이는 손길 따라
사랑이 하나 둘 불어난다.

가을이 오는 소리 / 김혜정

푸른 옥빛 하늘에
높이 올라앉아
유유히 흐르는 뭉게구름의
향연이 아름답다

솔솔 불어오는 갈바람에
길옆 풀숲에서는
이름 모를 불벌레 소리가
찌르르 들려오고
가을이 오는 발자국 소리가 힘차다

은은한 향기 품은 초록에
그윽한 가을 내음이 묻어나고
황금으로 수놓아줄 내 마음에도
가을이 오는 소리가 들린다.

너 있는 그곳에 / 김혜정

아침 햇살의 반짝거림을
두 눈에 담으며 걷는
갈대숲 언저리에는
하얀 그리움의 향기가 피어오른다

사박사박 걸어오는
바람의 등을 타고
하늘 향해 날고 싶은 마음은
이미 너 있는 하늘을 날고 있다

떠나보낸 이의 그리움이 숨을 쉬며
민들레 홀씨 하나 뿌리 내린 곳
너 있는 그곳에 푸른 줄기 세워
꽃잎을 받치는 맑은 영혼으로 남고 싶다.

도시의 여름  / 김혜정

이글거리는 태양 속에
기대선 도시는
뜨거운 열기로 숨 막힌 듯
가쁜 숨을 몰아쉬고

눅눅한 바람의 술렁거림 속에
흔들리는 잎새의 가녀린 몸짓
회색 아지랑이 따라
차가운 현기증을 일으키며
기운을 잃고 헤맨다

하얀 수의를 걸치고
시체처럼 누워버린 뿌연 도시를
사나운 맹수의 얼굴로
자유롭게 유영하는 태양의 낯선 분노

가만히 등 떠밀어 보내야 하는
해의 서글픈 그림자를 껴안고서야
도시의 여름이 황혼을 베고 눕는다.

시인 김희선

시노래
〈들꽃의 기다림〉

프로필

부산 거주
(사)창작문학예술인협의회 이사
대한문인협회 부산지회 지회장
한국문화예술인 금상
순우리말 글짓기 전국 공모전 은상
짧은 시 짓기 전국 공모전 은상

〈저서〉
시집 〈인연의 꽃〉

시작 노트

삶의 언저리에 머물러
밤낮으로 불어와도
맑은 선율처럼 질리지 않을
봄날의 산들바람 같은

그저 바라만 보아도 좋을
시선 속에 머무는
언어의 풍경은 삶의 여유다

- 시 〈여백〉 중에서

목차

시집 〈인연의 꽃〉

들꽃의 기다림 / 김희선

소박한 진실로
외로운 들길에 홀로 기다림이
내 삶의 전부입니다

붉어진 얼굴 들킬세라
수줍게 고개 숙인 마음
그대 아시는지요

스쳐 가는 미풍에도
파르르 떨리는 가냘픈 몸
빗물에 온몸이 뿌리째 잠겨도
타는 목마름은 어쩔 수 없어요

햇살 곱게 비추는 날은
눈물로 젖은 마음 살포시 열어
그대를 기다립니다

한 계절의 짧은 생일지라도
그대를 그리워하는 일
결코, 멈추지 않으렵니다.

3월에 내리는 비 / 김희선

긴 겨울의 미련을 붙들고
불면으로 얼룩진 밤을
사뿐사뿐 다독이듯
창가를 속살거리는
봄이 오는 소리

차돌처럼 단단한 침묵을 깨고
내게 온
사랑스러운 너처럼

새봄을 등에 업고
따스한 가슴으로
얼어붙은 대지를 품어
새 생명을 잉태시키는
푸른 희망으로 내리는
위대한 사랑.

너처럼 나도 / 김희선

4월의 봄 동산에 꽃비 날리다
살랑이는 봄바람에 자지러지듯
빙그르르 가뿐히 내려앉아

한 계절 잠시 펼쳤던 날개
제 몸 삭혀 흙으로 누워도
긴 기다림 끝에 비상을 꿈꾸지

드러난다는 것은
상처마저 기꺼이 감내하는 것
여린 속살이 삐져나오는 것은
단단하지 못한 껍질 탓

세상 어느 곳이든 스며들어
곡선도 직선도 서슴없이 다 품고
비에도 젖지 않는 청아한 연잎처럼
고고하게 살고 싶었지.

몸치 / 김희선

구멍 난 뼈도 채워진다길래
몸부림치듯
막춤은 곧잘 춘다
나무막대처럼 뻣뻣한 몸도
리듬은 타야지

각을 세우고 살아온 날도
수면 위로 둥글게 퍼지는
빗방울의 파문처럼
세상도 빙글빙글 돌리고

타는 듯한 눈빛 앞에
웅크리고 앉은 소심함도
서녘 노을에 물들어가듯
발그레 익어가고

수목 사이를 오가던
그녀의 구수한 웃음소리에
어디선가 파랑새 한 마리
가슴안으로 포르르 날아든다.

속물 / 김희선

계산기를 두드리는 너도
시를 쓰는 나도
속세에 살고 있으니
청아한 기품의 백목련처럼
그리 고고할 수는 없으리

추구하는 가치에 따라
삶의 형태도 다른 것처럼
제아무리 화려한 빛깔의 꽃도
푸른 잎을 대신하진 못하듯

부족함을 끊임없이 갈구하여도
집착은 또 다른 결핍을 불러오고
머리에서 가슴으로 가는 길처럼
살아온 날보다 아득해도
놓지 못하는 욕망의 끈.

가을 포옹 / 김희선

우레를 동반한 폭우가
한바탕 뒤흔들고 나서야
무모하게 이어지던
여름의 질긴 집착도
한 시대가 막을 내리듯
긴 꼬리를 감추고

황금빛 햇살이
땅끝까지 쏟아져 내리는
하얀 국화꽃 향기 짙은
가을의 환한 웃음에
묵은 불면에서 벗어난 듯
깊은 단잠에 빠져들고

추억의 갈피에 아련히 새겨진
첫사랑의 분신처럼
다시 찾아온 가을
시퍼렇게 멍든 세상도
땡감이 익어가듯
붉게 영글어지겠지.

가을 나무 / 김희선

뼈마디에 구멍이 숭숭
골다공증에 걸린 것처럼
앙상해진 나뭇가지에 매달린
늦깎이 단풍잎

찬 바람에 파르르 떨리며
마지막 숨을 몰아 이별을 고하는
화려한 몸짓 눈물겹다

원 없이 불태운
황홀했던 시간만큼
따스한 심장 하나
춥고 어두운 겨울 숲에서
사랑 없이도
살아내야 할 충분한 근거

헐거워진 삶을 조이듯
구멍 뚫린 허리에
녹색 벨트로 단단히 채우고
꿋꿋하게 버텨야지

어둠 깊은 골짜기에도
태양은 밝게 비추듯
새봄의 환희는 기필코 찾아들 테니...

여백 / 김희선

봄비에 흠뻑 젖은
발아래 흙의 숨결이
심장 속 깊숙이까지
싱그럽게 꿈틀댄다

손안에 움켜쥐어도
잡을 수 없는 바람처럼
간절함이 조급해질수록
더 멀어져 있었다는 걸

삶의 언저리에 머물러
밤낮으로 불어와도
맑은 선율처럼 질리지 않을
봄날의 산들바람 같은

그저 바라만 보아도 좋을
시선 속에 머무는
언어의 풍경은 삶의 여유다.

통증에 대하여 / 김희선

여전히 잠재 되어 있는
해묵은 통증은
이따금 고개를 치켜들고
현실을 매섭게 노려본다

시시때때로
제산제를 들이부어도
집요한 스토커처럼
들러붙어 있던 쓰라림

너와 만났던 그 시절도
당신과 함께한
세월의 길목에서도
지독한 시련을 겪어야 했던
내 삶의 궤적들

생이 아플 때마다
진통제처럼 고통을 잠시라도
멎게 해주는 것은
필연적 사랑이었음을...

봄, 너는 / 김희선

봄, 너는
멀리 있었지만
늘 내 안에 가까이 닿아 있었다

낯선 바람이 내 곁을 스치기만 해도
혹여 향기라도 잃을까
불안한 노파심으로 심한 흉통을 앓고

조금만 무심해도 조바심으로 애태우며
토라진 눈흘김으로 침묵했다

꽃은 필 때도 아프고
질 때는 더 많이 아프다고
세상에 아픔 없는 생명은 없다더라

그리운 봄, 너를 만나러
나는 날마다 맨발로 꿈길을 달렸다

이제, 매화보다 더 붉게 익어 터진 가슴
숨이 멎도록 깊고 긴 포옹으로 맞으리라.

시노래
〈대나무 숲속을 걸으며〉

시인 김희영

프로필

대한문학세계 시, 수필 부문 등단
(사)창작문학예술인협의회 이사
대한문인협회 정회원

〈수상〉
짧은 시 짓기 대상
순우리말 시 짓기 대상
한국문학 예술인 대상(대한문인협회)
명인명시 특선시인선 8회 선정
동인지 아름다운 들꽃 외 다수

〈저서〉
시집 〈시간 속에 갇힌 여백〉

목차

시작 노트

올해는 지난해보다 다를까?
해마다 한 해를 갈무리하면서
매번 생각하는 마음속엔
빛나는 내 삶을 시향으로 어떻게 전할까?
별 하나 가슴속에 간직하고
좁은 길을 걸어갑니다.
눈부시게 아름다운 이 계절에
그대가 곁에 있어
시인은 환희의 삶을 영광으로 노래합니다.

시집 〈간 속에 갇힌 여백〉

바닷길 산책 / 김희영

그리움이 구름 타고 흘러올 때 파란 하늘
눈이 시리도록 바라봅니다

새벽 바닷길을 걸으며
물보라가 모래 위에 발자국을 데려갑니다

지난날 손잡고 걸어가든 둘레길을 바라보며 주머니에
손을 넣고 걸었지

애틋한 그리움도 모래 위에 물보라도 지워버릴 수 없는
사랑으로 기억된다.

순응 / 김희영

마음 따라 오는 계절도 가는 시간도
햇살이 반짝이는 투명한 시선으로

시간의 흐름 속에
가을을 보내고
겨울을 받아들입니다

더위와 폭염 속에서도 알알이 영근 열매들을
보면 계절은 숙명처럼
헌신을 다하고 갑니다.

빛나는 동반자 / 김희영

가슴 한가운데로 물수제비 뜨던 휘파람이 지나간다

오랜 기다림을 위하여 호수는 깊은 곳에 꽃씨를 내린다
호숫가에 가면 그리운 것들이 살아서 내게로 돌아온다

혼자서는 불안하고 둘이서는 흔들리고
셋이서 당당하게 웃고 있는 여유
세상을 향해 힘차게 외칠 수 있는 것은
하나 되는 셋의 따뜻한 체온 때문이다.

새로운 시작을 해처럼 / 김희영

노을이 빛나는 것은
어두움이 곧 시작되고
밤을 지나 새벽에 돋는 해가
찬란하기를 위한 준비입니다

길고 추운 얼음꽃 피는 계절을 지나 둔덕에 파란 잎새
피어오르는 시절이 오기까지
또 수많은 인내와 오래 참음과 환경들이 지나갑니다

비좁고 어두운 길을 통과할 때마다 버팀목이 되어주는
심장에 묻어둔 홀로 존재하는 별 하나
그 별빛을 따라 좁은 길을 통과합니다

아침 햇살은 빛나게 퍼지고 또 청명하게 시작하는 오늘
새로운 시작을 여는 햇살과 마주합니다.

봄의 희망 / 김희영

회색빛 나뭇가지에
햇살 받은 혈관이
연둣빛으로 물오르면
산으로 가자
새 생명은 산에서 시작합니다

계절마다 새 옷으로 갈아입고
봄 산이 더욱 아름다운 것은
절망을 뚫고 희망을 가져다주는 선물입니다

봄 햇살 가득한 날에
연둣빛 나뭇가지 사이로
날아다니는 산새들을 보면서
희망찬 속삭임을 가슴으로 담습니다

고된 삶을 내려놓고
심호흡 깊게 하며
아무것에도 얽매이지 않는
자유로움을 갖는다.

삶에 묻어둔 사랑 / 김희영

바람이 손짓하는 사이로
코스모스 맑게 한들거리고
발밑에 쌓이는 고운 추억들
가슴 저린 가을 사랑이 익는다.

하루 세 번 / 김희영

아침에는
나는 따뜻하고 부드러운 커피를 마신다

그는
생강 대추 똑같은 비율의 한방차를 마신다

점심때는

그는
어제가 아닌 오늘의 삶을 치열하게 실제로 산다

난
오늘이 아닌 미래를 꿈꾸며 구름처럼 산다

저녁때는
그는
불꽃 같은 사랑으로 순간을 태운다

난
영원한 사랑을 기억하는 영원한 꿈길로 간다.

약속 / 김희영

앞뜰에 예쁜 초록이 어느덧 가을옷을 갈아입습니다
수채화 고운 물감으로
찬란한 그리움을 덧칠하듯 채색하여 놓고
이별의 준비를 하고 있습니다
떠난 후 다시 온다는 기약을 하면서…

대나무 숲속을 걸으며 / 김희영

햇빛이 유난히 맑은 날
대나무 숲속은 시원하다
모든 것이 선으로 존재하듯 햇살도 직선으로 넘나든다

대나무는 곧음을 상징하듯 하늘 높이 향하며 비어 있음을 숨기고
채우려 하지 않는 의연함으로 서 있다

보이는 사랑보다 보이지 않는 그리움을 키우는 대나무 속 깊은
공간

채우지 못한 어제의 후회가 오늘을 채우듯
텅 빈 마음을 수직으로 지나는 바람을 본다.

만남 / 김희영

옷깃 스쳐 인연이라 정해놓고 기다림을 시작한 그날

언제 끝날 줄 모르지만
기다림에 미소 지으며
볼우물 패인 얼굴을 기억합니다

유난히 촉촉한 볼
새하얀 가슴속 붉은 마음이 누구를 향한 그리움인가
반짝이는 은구슬 고운별이 되어 온다.

시인 남상욱

시노래
〈석류의 노래〉

프로필

대한문학세계 시 부문 등단
(사)창작문학예술인협의회 회원
대한문인협회 부산지회 정회원

〈수상〉
2025년 짧은 시 짓기 전국 공모전 장려상
대한문인협회 금주의 시 선정

시작 노트

지나치면 다시 못 볼
이 순간의 빛을 품어

가슴 깊이 담아 두고
인생길 멀고 험할 때

마음의 거울을 열어
조금씩 꺼내어 바라보라 하네

- 시 〈야생화〉 중에서

목차

공저 〈2025 대한문학세계 봄호〉

석류의 노래 / 남상욱

푸른 잎 사이로
붉은 심장 하나
그대 이름만 스쳐도
금세 터질 듯 흔들린다

사랑이 사랑이여
아프고 달콤한 열매여
가슴마저 쪼개져도
그대라면 내어주리

그대 기다림 속에서
나는 더욱 붉게 익어
햇살과 바람 사이로
흔들리며 숨을 고른다

사랑이여 사랑이여
아프고 달콤한 열매여
한 번 흩어져 사라져도
씨앗으로 다시 피리

상처는 선물이 되고
흘러내린 붉은 알은
다시 봄을 부르는
영원한 증언이 된다

사랑이여 사랑이여
너는 나이자 그대이며
석류처럼 터져 흩어져도
끝내 생명이 된다.

친구야 / 남상욱

친구야 우린
빛과 그림자 같은 사이 제
흐린 날이 와도
햇살은 다시 우리 사이를 비추고
어둠 속에서도 우리는 한 자리에 서 있다

네가 내 옆에 서 있으면
밤길도 한결 밝아지고
내 말은 네 마음 속에서
고요히 숨을 고른다

늦은 밤 건네는 전화 한 통
네 목소리 내 마음을 울리면
무거웠던 하루가
봄 눈처럼 녹아내린다

믿는다는 건 손을 내미는 일
내가 네 손을 잡을 수 있어 좋고
네가 다시 내 손을 잡아줄 때
세상은 처음처럼 열려 보인다

술잔을 부딪히는 소리는
우리 웃음 같이 반짝이고
말 한마디 나눌 때마다
시간은 노래가 되어 흐른다

친구라서 좋고
네가 내 친구라서 더 좋다
내 햇살 같은 친구야
그래서 나는 오늘도 웃는다.

동백꽃 / 남상욱

얼어붙은 붉은 심장
눈발이 묻혀버린 마당 끝
온몸이 얼어붙은 계절 속에서
너는 붉게 숨 쉬고 있었다

모과처럼 울퉁불퉁한 바람을 견디며
언 땅 위에 가만히 피어난 너
차가운 달빛 아래
작은 불씨처럼 타오른다

너를 바라보면
내 마음 한구석도 서서히 녹아내리고
초장의 붉은 빛이 내 심장에 스며든다

너는 차가운 바람 속에서도
결코 시들지 않는 꽃
얼어붙은 시간 속에서
끝까지 피어나는 뜨거운 심장이다.

붉은 꽃쌈지 / 남상욱

긴 기다림이 쌓여
가슴 깊은 곳에
작은 주머니 하나 열렸다

햇살에 말리고
눈물에 젖으며
차츰차츰 무르익더니
마침내 그리움이 익은
붉은 꽃쌈지가 되었다

그 안에는
당신의 이름
당신의 웃음
내가 다 꺼내지 못한 말들이
꽃잎처럼 곱게 접혀 있었다

나는 오늘도 그 꽃쌈지를
조용히 품고 살아간다
열지 못한 채
사라지지 않는 향기를 안고.

야생화 / 남상욱

혼자 오르는 산길에
우연히 마주한 고운 야생화

가는 걸음 멈춰 서서
나를 보라 손짓하네

지나치면 다시 못 볼
이 순간의 빛을 품어

가슴 깊이 담아 두고
인생길 멀고 험할 때

마음의 거울을 열어
조금씩 꺼내어 바라보라 하네.

낙원길 / 남상욱

단풍잎은 불꽃이 아니라
하늘에서 내려온 붉은 새였다
내 발걸음 따라 날개를 흔들며
산길을 환하게 물들인다

아리랑 고개를 넘을 때마다
세상은 얼굴을 바꾼다
절경은 하늘의 미소
비경은 땅의 숨결이었다

나는 바위에 걸터앉아
낙엽을 편지처럼 펼쳐 읽는다
그곳에는 오래된 노래와
내가 찾던 낙원의 주소가 적혀 있었다.

낙엽 / 남상욱

서산마루에
노을은 황홀한데
바람은 왜 이리 재촉하나

무심한 사람들아
낙엽 밟지 마소
어쩌면
인생의 마지막 증표 같은 것

새잎으로 생겨나
한 알의 열매라도 더 만들기 위해
달빛에 기대어 새벽이슬 마시며
별을 세었다

열 받은 태양이 전신을 녹이고
세상이 외면하고 흔들어도
두 손은 놓지 않았었다

오직 열매만을 위해
모든 것 바치고 먼 길 떠나는 이 길
후회도 원망도 없다

미련도 없지만 나비처럼 날아
바다처럼 펼치어 온 누리를 물들이고
흙이 되어 다시 꽃피우리!

익은 수박 고르기 / 남상욱

열 받은 태양 눈살 아래
바람도 풀 죽은 한낮

타는 듯 내 입술은
달덩이 같은
푸른 네 얼굴이 그립다

붉은 네 입술
달빛 한 조각 깨물고 싶어

만져 보고
눌러 보고
엉덩이 두드려도
무심한 네 속은 알 수가 없네

반달이 되고
초승달이 되어서야
네 속이 드러나

내 마음도
네 마음도 열어야
시원하고 달콤하겠지.

젓가락 부부 / 남상욱

달님이 맺어준 귀한 인연
선물처럼 짝이 되어
홀로는 이룰 수 없어
둘은 언제나 힘을 합쳐요

밥상 위에 나란히 누워 꿈을 그리다
사뿐사뿐 별님이 다가와
만찬을 차리면

우리는 기대어 함께 일어나
살며시 입만 맞추면
천연의 바위 알도 혀 밑에 앉히네!

너도 하나
나도 하나
마음도 하나

흔들리고 쓰리고 눈물이 나도
보듬어 감싸 밀고 당기어
단맛 쓴맛 짠맛 매운맛도 같이 맛보며

거울처럼 닮아가는
꿈을 펴는 밥상
나란히 누워 마주 웃는다.

폭포 / 남상욱

폭포는 쏟고 있다
아름다운 낙원의 소리
온 누리를 누비고 사랑이 꽃필 때까지

수억 년을 품어온 전설의 기암절벽
은빛 날개 휘날리며 물기둥 세우고
폭포는 찧고 있다
매일매일 찧고 있다

방울방울
골골이 모아온 정
무지개 꽃 피워 낼 사랑을 쏟고 있다

가슴이 뚫릴 때까지
사랑이 샘 솟을 때까지
폭포는 하염없이 정을 쏟고 있다

멈추고 싶어도 멈출 수가 없다
정이 끊어지면
사랑도 행복도 끊어진다

안개구름 피어나고
빨 주 노 초 파 남 보
일곱 빛깔 무지개 하늘 문이 열리면
새들은 길을 찾아 하늘 높이 나르고
웃음소리 천리만리 가슴 두드린다.

시인 문익호

시노래
〈그리움이 하얀 눈을 털며〉

프로필

서울 강동구 거주
한양대 공대 섬유공학과 졸업
방송대 국어국문학과 졸업
방송대 문화교양학과 졸업
대한문인협회 정회원

〈저서〉
시집 "이·제·는" 2018
동인지 다수

목차

시작 노트

오랫동안 소망을 가꾸고 공부를 해도
결국은 〈나이가 무르익어야〉가 더해져야
세상을 보는 눈이 완성되는 것 같다.

〈나이가 무르익는다〉는 것은
달리는 기세가 끝나고
욕망을 놓아버리는 시절이 되어야
世上과 詩가 보인다는 것이다.

시집 〈이·제·는〉

그리움이 하얀 눈을 털며 / 문익호

웬일인지
잠 못 이루는 늦은 겨울밤
흘러간 음악을 들으며
문득 창밖을 보니
하얀 눈이 펑펑 옵니다

흩날리는 함박눈을 털며
아쉬움과 그리움이
내 마음의 문을 열고 들어옵니다

눈앞에
그리운 그 사람이 보이고
그날 함께 들었던 바로 그 노래가 들려옵니다

가만히 눈을 감고
가슴에 묻었던 그리움 바라보니
작은 눈물방울 반짝입니다

눈 내리는 밤
속 깊은 그리움과 함께
흘러간 그 노래를
내 안의 그 사람과 함께 들으렵니다.

작은 촛불 하나 / 문익호

사노라면
내 마음 같지 않게
살아야 하는 때가 있다

열심히 살면 다 된다고
지성이면 감천이라고
썩은 동아줄 이야기들 하지만
사실 그렇지 않을 때가 많다

그토록 간절한 기도에도
그토록 절절한 애원에도
작은 소망 하나
끝내 이루지 못하는 풀꽃을 위해

작은 촛불 하나
정성껏 켠다.

가을 달밤 / 문익호

컴컴한 방
팔베개하고 누우니
창밖에 보이는 둥근 달

노란 달빛
하얀 달빛
푸른 달빛이 퍼진다

창밖에서
들이치는 달빛에
텅 빈 내 가슴 드러나고

놀라서 채울 것 찾아 두리번거리다가
고향
부모님 기억
그리운 갈증을 담는다.

네가 좋은 이유 / 문익호

이제는
40도에서 펄펄 끓는 사람들
모든 것이 큰일인 사람들
마주하기 지친다

이제는
편안한 사람들이 좋다
긴장 안 해도 되고
지금 나누고 있는 말
기억 안 해도 뒤탈 없는
그런 편안한 사람들이 좋다

그래서
나는 네가 참 좋아.

눈 내리는 산사 / 문익호

자그마한 산사에 겨울이 들어섰다

당그랑 풍경소리
향 내음 가득한 법당에서
흔들리는 촛불이 삼천 배 한다

산사에 놓고 갔을 애잔한 마음들
진눈깨비 눈물 되어 쌓이고
소록소록 쌓이기만 하는 그 무심함에

"불상은 앉은뱅이- 하늘은 허당-"
빈주먹 휘두르며 소리쳐보지만
돌아오는 것은 빈 메아리뿐이다

눈 내리는 산사에
벗어놓고 간 애잔한 마음들
실눈 뜬 부처님이 다독다독 눈으로 덮는다.

이름 모를 들꽃 / 문익호

사실
나도 이름 있는 들꽃
다만
너도 내 이름 모를 뿐

괜찮아

맑은 햇살
산들바람
풀벌레와 친구 하는
나름 꽃다운 청춘이라네.

꼬깃꼬깃한 마음 / 문익호

꼬깃꼬깃 접힌 마음을
애써 펴보건만
다시 확 치솟는 불길
한바탕 또 볶아보지만
역시 내 마음만 아프다

아픈 마음 달래다가
"그래, 내가 바보야, 바보" 하며
또 한탄한다

살아오면서 겪은
바보 같은 경험을 걸어두는 나무 그늘에서
신발을 탈탈 털고 쓰디쓴 경험 하나 또 걸어둔다
이제는 열매 가득한 감나무 같다

이렇게 걸고 나면
꼬깃꼬깃하던 마음에 맑은 물 찰랑거린다
생각해 보면
저 열매 모두 보약이다
이제는 가끔 귀하게 나누어주기도 한다.

짧은 영화 구경 / 문익호

젊음이 가득할 때는
오늘 내일을 오르내리며 살았는데
한 세상 살고 나니
이제는 점점 어제 오늘을 오락가락하며 산다

햇볕 좋은 산기슭에
무리 지어 피어있는 풀꽃 같은 추억들이
이 세상 곳곳에 소담스럽게 피어있다

풀꽃 한 송이를 바라보면
향기로운 눈길을 보내듯
추억꽃 한 송이를 바라보면
그리운 동영상을 보여준다

잠깐 사이에
짧은 영화 구경을 또 했나 보다.

소쩍새 우는 숲속 / 문익호

달도 없는 숲속
소쩍소쩍 끊임없고
계곡 물소리 가득하다

소쩍새 품은 사연
얼마나 쩍 쩍 갈라졌으면
저렇게 밤새워 홀로 울고 있을까

위로하고 싶은 마음 따라가 보니

한 마리 소쩍새가
내 가슴에서도 울고 있다.

서촌 골목길 / 문익호

아이스커피 손에 들고
친구와 걷는 서촌 골목길
이상 시인의 집
이제는 문화재가 된 골목골목 집
오랜 세월 숨 쉰다

예쁜 간판 작은 상점들
작은 저 가게에서 돈벌이가 될까
그냥 스쳐 지나가는 사람들 본다

좁아서 붙어 걷는 골목길
작은 꽃은 행인 눈에 흐드러지고
옛 흔적에 저 때는 이야기꽃 피어난다

골목 끝에 문득 펼쳐지는
왕기 서린 인왕산 수성동 계곡 둘러보고
산을 향해 한참
마을을 향해 한참
나란히 나무계단에 앉았다

제법 시원한 산바람이 내려 불 때
세월을 털며 일어섰다
서촌 골목길 흐드러진 작은 꽃 함께 보며
만두가게 작은 문 드르륵 연다.

시인 민만규

시노래
〈너무 아픈 사랑은
사랑이 아니었으면〉

프로필

풍류 시인 민만규
(사)창작문학예술인협의회 회원
대한문인협회 대구경북지회장
(사)한국문인협회 정회원

〈저서〉
시집 [메타에 핀 글꽃]

〈수상〉
순우리말 글짓기 전국 공모전 금상 (2023.12.16.)

시작 노트

언어는
늘 늦게 도착한다

생각은
말보다 먼저, 고통처럼 운다

그 울음이 형식을 찾을 때
시(詩)가 태어난다

말이 되기 전의 감정이
문장이 되는 순간을 망설이는 일,
그것이 시(詩)다

-시 〈시(詩)의 발생학(發生學)〉-

목차

시집 〈메타에 핀 글꽃〉

너무 슬픈 사랑은 사랑이 아니었으면 / 민만규

조용히 번지는 도시의 불빛 아래
우리의 계절이 저물어가요
마지막 인사도 못 한 채로
별빛만 내 어깨에 떨어지죠

사랑이란 게 이런 건가요
내가 웃던 모든 날이
이젠 슬픔으로 물들어가요

너무 슬픈 사랑은 사랑이 아니었으면
이 아픔조차 추억이 아니었으면
당신 없는 하늘 끝에
슬픈 별 하나 조용히 피어나 울고 있어요

바람이 텅 빈 가슴에 스며드니
사라진 향기마저 그리워
꿈속에서도 나는 길을 잃어요

너무 슬픈 사랑은 사랑이 아니었으면…

굿바이 나의 계절아 / 민만규

햇살이 머물던 그 골목 끝에서
너의 웃음이 바람에 흩어지네
가을 잎 하나 손끝에 남아
작은 인사처럼 떨리고 있어

너를 품은 하늘과 시간은 내게 아무 말도 없이
너의 향기만 데려가 버리고
남겨진 하루는 텅 빈 노트 위에
익숙한 그대 이름만 적혀 있네

그리움이 나를 또 불러 세우면
나는 그때처럼 네 이름을 부를지!
사랑이 다 그런 거라면
이별도 그 안의 약속일까?

굿바이, 나의 계절아
안녕이라 말하면 울 것 같아서
계절이 바뀌면 혹시 돌아볼지
내 마음 한편에 그대 그대로 두고 간다.

닿을 수 없는 꽃 그림자 / 민만규

꽃을 사랑하노라
들꽃이든 정원의 귀한 품종이든
다 제빛을 머금고 피었기에…
허나 가까이 들여다보면
햇살을 못다 받은 꽃도 있더라

눈길은 닿되
마음은 돌아서게 되는 이도 있고
고요히 피어
손끝조차 아까운 이도 있나니

아! 사랑이란 참으로 묘하여라

진실로 곱고 고운 이는
그저 바라봄만으로 족하거늘
어찌하여 유독 눈부신 이는
꺾고픈 욕심을 일으키는고

꽃은 죄가 없고
탓할 것은 내 안의 바람이라
그대는 밤이슬에도 상할까
닿을 수조차 없는 이었으니

나는
그저 스쳐 가는 바람이어야 했느니라.

글벗, 말벗 / 민만규

고요한 새벽
네게 전할 아침 인사말 한 줄 적어두면
기뻐할 네 얼굴 떠올라
조용히 마음이 하루로 젖어 든다

침묵 속에 붓을 세워
종이 위에 온기를 남기는 글벗
눈빛을 따라 웃으며
따뜻한 정담으로 나를 감싸주는 말벗

하루 끝자락에 문을 두드리는 익숙한 목소리
문장으로 묶인 인연
숨결 따라 나눈 위로(慰勞)에
나는 어두운 밤을 베고 눕는다

나의 하루를 견디게 해주는 글벗과 말벗
사는 게 유난히 버거운 날엔
글 모퉁이에 이렇게 쓴다

'괜찮아, 네가 있어서 참 다행이야.'

그녀의 계절 / 민만규

예쁜 꽃 한 송이
내 마음에 담은 것만으로
참 따뜻하다

비록
그 마음 끝까지
내 쪽만 불타고 있을지라도

그녀의 계절
나는 참 많이 행복했었다.

0.1%와의 첫 만남 / 민만규

사랑의 향기가
온 누리에 피어나는 아름다운 오월
예쁘고 앙증맞은 아기 장미꽃 한 송이가
오월의 향기로 내 가슴에 활짝 피었다

쏟아지는 봄 햇살이
새 생명의 대지에 축복을 뿌리고
연둣빛 향기가 초록 이파리에 앉아
탄생의 기쁨을 노래한다

0.1% 기적의 확률로
신비로운 우주의 문을 활짝 열어젖히고
세상을 향해 당찬 울음을 터트린
귀하디귀한 우리 공주 가은이
이런 기쁨 이런 행운, 이런 축복
세상에 또 어디 있으랴!

너와 나의 첫 만남
꽃도 햇살도 바람도 한마음으로 축복하는구나!

고운 향기로 와줘서 고맙고
천사의 얼굴로 와줘서 고맙고
할아비의 손녀로 와줘서 고맙다
사랑하고 또 사랑한다 가은아!

천사의 꽃, 김효령 / 민만규

날마다 햇살 같은 미소로 아침을 여시며
소담한 밑반찬에
참사랑의 정성을 곱게 담아 오시는 분

당신의 손끝에서
허기진 하루가 꽃향기로 피어나
우리 곁을 따스히 감돕니다

어머님 손길 스민 흙내
밭에서 막 건너온 채소와 과일 향까지
한 조각 햇살이 되어
일터의 하루를 밝힙니다

베풂의 선행은 말 없는 꽃이 되어
여섯 마음 위에 포근히 내려앉고
고마움은 따뜻한 사랑으로 맺혀
가슴 깊이 번져 흐릅니다

당신의 마음이 천사 같기에
나눔은 언제나 자연스러웠으리.

사랑은 / 민만규

사랑은
미지의 세계로 불시착한 신비
그 속에 달콤한 단맛이
사랑의 불씨를 지핀다

사랑은
끝이 없는 광활한 우주여행
걷고 애기하고 웃고 만지며
함께 일어나는 순간순간의 교집합으로
소소한 기적들과의 연속이다

사랑은
불확실한 미래에 뛰어든 불나방
어둠을 밝히는 빛나는 별과 같아
마음을 열고
서로를 이해하고 받아들이고
그래서 하나로 만들어지는
반짝이는 별들의 춤사위다.

그대 향기 / 민만규

내 눈에 고스란히 담긴 상큼한 그대 향기
오래도록 간직할 겁니다
시간이 흐르고 계절이 바뀌어도
단 한 자락의 그리움으로만 남아 있도록

삼월의 매화가
옷고름 여미며 유혹해도
사월의 목련이
치맛자락 살랑이며 속삭여도
오월의 장미가
붉은 입술로 윙크해도
나는 그 향기 지우지 않을 겁니다

그대가 준 봄보다 더 찬란한 건 없기에...

기부 천사, 황상문 / 민만규

조용히 그러나 오래도록 한길을 걸어온 분
그는 말보다 행동으로
빛보다 따뜻한 온기로 세상의 어둠을 덮었고
그 마음의 무게는
산보다 높고 바다보다 깊었습니다

서른 해 세월
불우 이웃을 위해 묵묵히 내민 손길
LPG 불빛처럼 보이지 않아도
당신의 나눔은 수많은 가정을 데우고
희망의 등불이 되었습니다

또한 기업인으로
대구가스판매업협동조합 이사장으로 있으면서도
당신은 늘 낮은 곳에 머물렀습니다

지난해 국무총리 표창장
그것은 세상이 드린 상이지만
진짜 상은
햇살 한 줌 나누듯 당신의 손끝에서 피어난
천사의 사랑이었습니다

오늘도 어디선가
당신의 손끝에서 희망이 새싹처럼 돋아납니다.

시인 박경식

시노래
〈이 가을엔〉

프로필

경상북도 경주 출생
서울 거주
대한문학세계 시 부문 등단
(사)창작문학예술인협의회 회원
대한문인협회 서울지회 정회원

시작 노트

이 가을엔
너와 떠나고 싶다

하늘이 손짓하며 반기는 저 산
너와 손 맞잡고 올라보고 싶다

이 가을엔
별을 보며 걷고 싶다

반짝반짝 보석같이 빛나는 별
구름이 머무는 길 낭만 가을 걷고 싶다.

- 시 〈이 가을엔〉 중에서

목차

공저 〈2025 대한문학세계 가을호〉

추석 / 박경식

세월 건너 맞이한 추석이
낯설게 느껴진다

그때 그 추석은
작은방에 옹기종기 둘러앉아
웃음소리 넘쳐흐르던

고장 없는 세월의 시계
그 시침을 되돌리면
다시 그때로 갈 수 있을까?

마음은 그때 그 추석
정성 담긴 엄마 손에
빚어지던 송편에 머물고

가난해도 행복이 넘치던
그때 그 추석
가족도 이웃도 그립다.

한가위 장마 / 박경식

비야
보름달을
못 보게 시샘하더니
긴긴 한가위 내내 내리네

바람아
너는 왜 비바람만 좋아하니
시절이 가을이네
소슬바람 불러오자

구름아
비와만 속삭이니
나에게도 손 내밀어줄래
내 손 잡고 하늘을 열자

하늘아
고뿔 걸렸니
비구름 걷어내고
나와 함께 낭만 가을 시를 쓰자.

한가위 보름달 / 박경식

한가위
비가 내린다
구름이 하늘을 덮어

보름달아
오늘 밤
너를 볼 수 없다

보이지 않아도
내 마음
닿을 수 있을까

보름달아
나의 바람
너에게 스며들어

이 밤 나를 찾아와
내 마음
살며시 담아가 주기를...

양전초등학교 / 박경식

앞을 올려다보면
할미산 신령님이 굽어보고

뒤를 돌아서면
양재천이 반갑게 안아준다

해맑은 얼굴로
뛰어노는 아이들

"야아~"
지르는 함성에
운동장엔 애기꽃이 피어난다

선생님의
환한 미소
아이들 마음을 밝혀주고

그늘진 자리
말 없는 손길이
아이들 가슴에 꿈을 심는다.

대관령의 여름 / 박경식

파란 하늘엔 조각구름
드넓은 초원에는 양 떼 노닐고
하늘 아래 첫 동네
공룡 바람개비 우렁찬 함성을 지르네

맴맴맴 찌르륵 찌르륵
선자령 가는 길
귀를 울리는 소리 돌아가는 풍차에
매미 잠들고 찌르레기 날개 접네

눈앞에 지평선 백두대간
능선에 뭉게구름 탑을 쌓고
바닷바람 청량한 바람
초원엔 여름 하늘엔 가을이네

높은 하늘 낮은 구름
조각구름에 마음이 자리하네
하늘이 목장이네
양치기 바람에 양 떼 구름 무리 짓네

바람 소리 구름에 흩어지네
손안에 구름 눈앞에 양 떼 무리
등을 스치는 바람 되어
구름 징검다리 하늘을 걷고 싶다.

게내수변공원 / 박경식

게내수변공원
아파트 촌 시민들의 휴식처
힐링 공원 심신을 치유하네

벚나무 이팝나무 꽃 피우고
수초도 꽃 피운다
들꽃 만개하는 야생화 천국

품 안에 고덕천
흥겨운 풀벌레 노랫가락
잉어 가족 무리 지어 춤을 춘다

동틀 무렵 지평선
산마루에 노을 꽃 피어나고
숨을 쉬는 자연 숲 낭만을 싹틔운다

하늘에 활짝 날개 편 공작새
고개 숙인 저녁노을 반겨주네
사색에 물들고 명상에 젖어 든다.

호우 / 박경식

후드득 후드두둑
빗소리에 가로수 춤을 춘다

마음은 바쁘고
몸은 주춤거린다
장대비에 물길 열리고

빗물 고인 자리
물결 일어나네
발목을 휘감으며 물보라 솟구친다

회오리 비에
우산도 소용없네
이마에 비가 내리네
눈 앞을 가린 빗물 어스름 밀려드네

정거장 가는 길
가까운 길 먼 거리
망설여져도 가야 하는 길
거세게 내리는 비 야속하기만 하네.

새참 / 박경식

머리 위 하얀 두건
새참 바구니 이고 가네
논두렁길 걸어가는 아낙네

오른손엔 막걸리 주전자
왼손 흔들며 중심을 잡는다
살랑이는 엉덩이 행복이 솟구치네
그늘이 없는 들
느티나무 한 그루
하나둘 늘어나는 새참 바구니

사방에 논두렁길
아낙네들 웃음소리
까르륵 까르륵 울려 퍼지네

땀에 젖은 농부들이 모여들고
한 손에 밀짚모자
바람에 땀을 훔친다

미소에 사랑 싣고
하나도 나누고 둘도 나눈다
풍년의 소망 희망이 넘치네.

엄마의 김장 / 박경식

가을밭
배추는 밑동 자르고
무 뽑고 갓은 베어낸다

엄마의 손길
소금물에 배추 절이고
무 자르고 갓은 잘게 썬다

빨간 고춧가루
갈치 잠재우고
다진 마늘 젓갈이 버무려진다

절임배추 속으로
드나드는 엄마의 손길에
한 포기 한 포기 정성이 채워진다

이쪽 통엔 딸네 집
저쪽 통엔 며늘아기
한 통 두 통 김치통이 늘어난다

엄마의 손
김장 담던 그 손 사랑의 손길
저무는 가을 그 손길이 그리워진다.

이 가을엔 / 박경식

이 가을엔
시를 쓰고 싶다

동녘에 노을 지평선 물들 때
한 잎 낙엽 따라 가을 속에 물들고 싶다

이 가을엔
바다를 가고 싶다

기러기 떼 반기며 부서지는 파도
가을 바닷소리에
사색에 잠기고 싶다

이 가을엔
너와 떠나고 싶다

하늘이 손짓하며 반기는 저 산
너와 손 맞잡고 올라보고 싶다

이 가을엔
별을 보며 걷고 싶다

반짝반짝 보석같이 빛나는 별
구름이 머무는 길 낭만 가을 걷고 싶다.

시인 박영애

시노래
〈민들레의 속삭임〉

프로필

대한문학세계 시 부문 등단
(사)창작문학예술인협의회 부이사장
대한문인협회 부회장
대한창작문예대학 시창작과 지도교수
시낭송 교육 지도교수
대한문학세계 심사위원
대한시낭송가협회 명예회장
문화예술 종합방송 아트TV
'명인명시를 찾아서' MC
한국문학 대상 외 다수
시낭송 모음 14집
　　"詩 함축적 의미 목소리에 담다" 외 다수

목차

시작 노트

보이지 않게 조금씩 조금씩
감기 바이러스가 녹아들다
한순간에 훅 들어오듯
사랑도 그랬다

- 시 〈감기〉 중에서

시낭송 모음 14집
〈詩 함축적 의미 목소리에 담다〉

민들레의 속삭임 / 박영애

흰 이불을 덮고 잠자던
노란 꽃잎이 이불 사이로
얼굴을 내밀어요

잠에서 깨어난 자그마한 꽃잎은
노란색 꽃도 되고
하얀 솜사탕도 되다
구름처럼 피어 날려요

솜털처럼 여린 사랑은
바람에 실려 떠돌다
하얀 그리움의 사랑으로
살포시 내려앉아요

내 마음도 그 속삭임 따라
덩달아 춤을 추고
사랑을 실어 날라요.

봄에게 / 박영애

겨우내 숨겨 두었던
사무친 그리움이
연분홍빛 사랑으로 피어납니다

혹여나
임 보고픔에 기다리다 지쳐
꽃이 다 진다해도
임 향한 마음은 연초록빛으로
남겨두겠습니다

그래도 오시지 않는다면
흔들리는 가녀린 마음 꼭 부여잡고
임 그리며 기다리겠습니다

봄은 또다시 오니까요.

감기 / 박영애

보이지 않게 조금씩 조금씩
감기 바이러스가 녹아들다
한순간에 훅 들어오듯
사랑도 그랬다

약을 먹어도 소용이 없고
아플 만큼 아픈 시간이 지나고
기다려야 낫는 감기처럼
이별의 아픔도 그랬다

사랑과 이별은
그렇게 찾아왔다

또 언제 다가올지 모르는 감기처럼.

아버지의 눈 / 박영애

내가 아이였을 때
아버지의 눈에는 세상이 담겨있었어요

인자하신 눈길로 나를 바라보시는
아버지의 눈 안에는 포근함이 있었어요

내가 잘못할 때는
가장 매서운 맹수의 눈이었어요

사랑으로 바라보시는 아버지 눈빛은
내가 가야 할 길을 알려주었지요

내가 어른이 되어서는
바라보지 못하고 있어요

너무 감사하고 사랑스러운 아버지의 눈 안에
인생의 허무함이 녹아 있지요

어느 날 거울 속에 비친 내 눈에
아버지의 눈이 있어요

한참을 멍하니 바라보는 내 눈에
아버지에 대한 그리움이 사무쳐
애타게 아버지를 불러봅니다.

華 詩 夢 (화 시 몽) / 박영애

스러지면서
자신을 남김없이 내어준 너는
햇살을 머금고서야
내게로 왔다

입안 가득 퍼지는 너의 향기가
아침 이슬처럼 흔적을 남길 때
두 손 살포시 모아 받쳐 들고
너를 마신다

빗방울에 맺혀 내게로 온 너와 함께한다
아!
달콤하다.

시인 박희홍

시노래
〈바람과 바람 바람〉

프로필

계간지 '대한문학세계'로 등단
(사)창작문학예술인협의회 회원
대한문인협회 정회원
한국문인협회 정회원

〈저서〉
제 1시집 쫓기는 여우가 뒤를 돌아보는 이유
제 2시집 아따 뭔 일로
제 3시집 허허, 참 그렇네
제 4시집 문뜩 봄
제 5시집 괜찮아 힘내렴
제 6시집 설렘 반 기대 반
제 7시집 자나 깨나

목차

시작 노트

오늘날 인공지능의 발달로
언어마저 기계화 되어가는 것
같아 씁쓸하다.

이럴 때일수록
시인은 시대적 소명을 위해
독서와 사유를 통해
언어의 본질을 충실하게 지켜내야 한다.

그러려면 언어의
창조적 힘이 변질되지 않도록
최선을 다해야 한다고 생각한다.

제7시집 〈자나 깨나〉

자나 깨나 / 박희홍

봄은 초록 물결에
꽃바람이 노래하는 꽃바다
여름은 가마솥더위를 견딜 수 있게
실바람이 속삭여 주는 별바다

봄의 분신인 가을은
황금물결과 오색 물결이
너울너울 춤추고 출렁이는
곡식바다와 색색의 바다

겨울은 모자람 없이 넉넉한
불땀 고른 보금자리
아늑한 치유의 바다

뭐라 뭐라 해도
사시사철
모두가 어우러져
호기롭게 웃고 웃는
세상이 웃음바다였으면...

허허, 참 그렇네 / 박희홍

삶이 고단하다고
너만 그런 줄 아니
나도 그렇다

그 어떤 어려움도
부대끼며 버티다 보면
언제 그랬냐는 듯
눈 녹듯이 녹아내리니

슬프거나 즐겁거나
그냥 웃으며
흥얼흥얼 노래 불러봐
언제 그랬냐는 듯

막힌 명치가 스르르 풀어져
마음이 홀가분해지잖아
사람살이 다 그렇고 그래
다 마음먹기 나름이여

허허, 참 그렇네.

비 내리는 밤 / 박희홍

애피타이저도 없는
난타 공연의 무대가 된
양철 지붕 위에서
앙코르를 외쳐대게 하는 밤비

모두가
꿀잠에 취한 달콤한 밤
귀도 잘 들리지 않고
유독 잠이 많은
할매를 깨워내게 하는 밤비

할매가
비가 새는 곳 있나
가족의 파수꾼이 되어
구시렁거리며
집안 곳곳을 둘러보게 하는 밤비

비 새는 데 없다
안도하며 툇마루에 걸터앉아
부디 우리 새끼들 잘 좀 지켜달라는
긴 한숨짓는 소리 듣지 못하게
자식들을 곤한 잠에 빠져들게 하는 밤비.

아따 뭔 일로 / 박희홍

가냘픈 몸집만큼
손도 작다
이런
날더러 배포도
손도 크다고
수군덕거린다

흰수작 부린 일 없다고
허텅지거리해보지만
도무지 모르겠으니
그저 얼굴을 붉힐 수밖에 없다.

* 흰수작 : 되지 못한 희떠운 짓이나 말.
* 허텅지거리 : 상대편을 꼭 집어내어 바로 말하지 아니하고 하는 말을 낮잡아 이르는 말.

문뜩 봄 / 박희홍

윙윙거리며 울어대
춥디춥고
을씨년스럽던 겨울

두껍게 입었던 옷
한 겹 한 겹 천천히
벗겨내는 고운 햇살에

숨죽이던 잎들이
파란 웃음을
살포시 머금고 달려와

고삐 풀린 말처럼
몸부림치는 비바람에
문뜩
무리를 지어 필 채비에
눈코 뜰 새 없이 바쁘다.

괜찮아 힘내렴 / 박희홍

설사 그가 그랬더라도
설마 내게 큰 피해가 갈 줄 알았겠냐
설사 그걸 알았더라도
얼마나 급했으면 그렇겠냐

설사 원상회복이 안 되더라도
할 수 없지 뭐
설마 그대로 주저앉기야 하겠냐
설사 그렇더라도 괜찮아
그를 탓하지 말게
시간이 지나면
어둠의 터널을 벗어나겠지

설사 그랬든 설마 그랬든
설사면 어떻고 설마면 또 어쩌하리
문경지교는 아니라도 죽마고우인데
믿지 못하면서 벗이라 할 수 있겠나?

* 설사 : 가정하여
* 설마 : 아무리 그러하다 하더라도

바람과 바람 바람 / 박희홍

아버지는 내게
친구가 자꾸 바람을 집어넣어도
무시하고 내 바람대로 하라 하고
어머니는 내게
너의 바람대로 하는 일이
정말 잘 되길 바란다고 한다

누나는 내게 작은 상자를 묶을
두 바람의 줄을 가져오라 하고
형은 내게 바람이 차니
바람막이 옷을 입고 다녀오라 한다

이웃집 아주머니는 엄마에게
영자와 영식이가 바람이 잔뜩 들어
간밤에 줄행랑쳤다 하고
공부하는 내게 막내는 징징대며
자꾸 나가 놀자며 바람을 넣는다

바람 스쳐만 가는 바람 아니기에
그놈의 바람을 어떻게 해야 할지
잘 아는 사람 만날 수 있다면 좋겠다.

* 바람 : 길이의 단위. 한 바람은 실이나 새끼 따위 한 발 정도의 길이이다.

시, 꽃이다 / 박희홍

꽃은 풋풋하다
크든 작든 그 속에는
사람이 살아온
삶의 궤적이 담겨 있다

꽃은 산이 되었다가
바다가 되기도 하고
때론 거센 비바람이 된다

지난날을 되새김질하며
홀로 의젓해질 수 있기에
보잘것없는 꽃은 없다

꽃은 삼라만상의 변화에
적절히 대응할 수 있어
삶에 생기를 돌게 하는
마력을 지닌 묘약 중의 묘약이다.

감정感情평가사 / 박희홍

어떤 물건의 값어치를
예상하여 평가하는 것 아니라
문턱이 없어 아무나 할 수 있다

아집에 길든
나잇살 먹은 사람보다
일곱 살 어린아이가
더 정확히 평가할 수도 있다
평가 결과는 평가받는 사람이
고개를 끄덕이면 맞는다는 뜻일 것이다

수수료는 엄청나게 싸다
숨겨둔 감정을 풀어헤쳐
너털웃음 한바탕 웃어주면 그만이다

살아가며 자주 평가해 주어도
쉽게 받아들이려 하지 않고 뭉개면서
시간만 축내는 것
창피하지도 않나 보다.

인생길 / 박희홍

인생은 바람
설렘 반 기대 반에
요리조리
흔들리며 살아가는 삶

누가 뭐래도

멀미 나게 하는
격랑과 혼돈을
꿋꿋하게 이겨내는 힘
보람찬 생의 열매.

시인 서석노

시노래
〈지는 꽃〉

프로필

2021, 2023년 대한문학세계 시, 수필 부문 등단
(사)창작문학예술인협의회 회원
2021년 짧은 시 짓기 전국공모전 동상 수상
2023년 '노을빛 비치는 삶의 연가' 출간
문예창작지도자 자격 취득

시작 노트

추운 겨울을 버티며 우리는 봄을 기다린다.
봄이 오면 모든 것이 다 이루어질 것 같은 희망
으로
화사한 봄날은 겨울보다 빠르게 지나가면 또 여름
무더위 속에서 절규하며 가을을 기다렸던 긴 지
난날들

살아오며 늘어나는 삶의 요령과 성숙은
부대낀 만큼 노련해지고 아픈 만큼 관대해지니
사회적 불평등과 온갖 모순을 남 탓으로 돌렸는데
사계절을 제법 많이 지나 이 자리에서 돌아보니
열정과 고난은 식어서 하얗게 재가 되었고
지켜온 나날을 들꽃 같은 시가 되어 흔적 남기니
감사와 겸손으로 자신을 일깨우는 일상이 되었
구나.

목차

시집 〈노을빛 비치는 삶의 연가〉

여름 단비 / 서석노

보리 베어낸 빈 논에는 흙먼지만 날리고
하늘가에는 바람마저 숨죽이는데
애타게 기다리는 비는 언제 오시려나
오늘도 내일도 비 소식 없는 야속한 하늘

어둑한 서산마루부터 산들바람 일더니
후드득후드득 나뭇잎 두드리는 빗소리
처마 끝 이엉 따라 물줄기 요란하더니
황토 마당에 빗물로 동그라미 그린다

장독대 덮고 빨래 걷는 엄마의 바쁜 손
돌담 옆 감나무잎 빗방울에 춤추고
도롱이 쓰고 물꼬 보러 가시는 아버지
시원한 빗소리 우리 식구 가슴 적신다

갓 부쳐온 지짐이 짭짤 고소하고
모처럼 흐뭇하고 밝은 얼굴로
막걸리 사발 기울이는 아버지 얼굴
되돌아가고 싶은 그리운 그때 그곳
그해 여름 단비 내리던 고향집.

바람 부는 바닷가 / 서석노

푸르른 옥빛 멍석 위에
갈매기 떼 쉼 없는 날갯짓

마음속 깊은 곳에 숨겨둔
세상의 오욕 끄집어내 살피니
아주 먼 곳에서 쉼 없이 다가온 파도가
고뇌와 욕심 미련에 얽힌
삶의 찌꺼기 거둬간다

바람은 파도를 재촉하고
바다는 미련과 욕심을 버리고
자족과 감사를 잊지 말라고 타이른다

깃털처럼 바람에 몸 맡기니
묵은 상념 거둬가는 바람 부는 바닷가.

아침 / 서석노

작은 새 날갯짓 소리에 눈뜨면
옅은 여명이 가슴에 스며들고
기지개 켠 구석구석에 활기 솟아
가슴은 하루의 시작을 노래하듯 춤춘다

어제 못한 일들이 아침 공기에 씻겨
새로운 바람이 되어 다가와
내 마음속에 녹아드는 하루의 시작

보라색 햇살 찬란히 비추고
우리를 새출발 첫걸음에 데려와
용기와 희망을 돋아주는
날마다 아침은 나에게 희망을 일깨운다.

지는 꽃 / 서석노

한적한 오솔길 모퉁이
있는 듯 없는 듯 홀로 핀 꽃 한 송이
바람결에 향기 날리며
지다 남은 꽃술로 벌 나비 유혹한다

햇살은 좀 더 높이 빛나고
초록 순 이파리 짙어갈 때
촉촉하던 꽃 입술 마르고
나비도 벌도 못 본 체 스쳐 가네

저녁노을 비칠 때 나비 한 마리
바람결에 보내는 향기 찾으니
마른 꽃술 짜내어 남은 향기 보내면
남은 꽃향기가 아프게 밀려오면
지는 꽃 아쉬워 나비도 함께 서럽다.

우리 집 부엌 / 서석노

송판 문짝 여닫이 제치면
어둑한 십 촉 등에 비친 그을린 천장
가랑잎 불쏘시개가 아궁이 붉게 비치고
달가닥달가닥 눈에 선한 엄마의 손길에
우리 집 하루는 부엌부터 시작이다

아버지 우물물 길어 물독 채우고
무쇠 밥솥 뚜껑 열면 하얀 입김처럼
부엌 구석구석 구름 꽃 피어오르고
부뚜막 소반에 어른 밥 아이 밥 퍼낸다

된장국 김치 자백이 짠지 그릇 나르고
누룽지 긁고 남은 솥에 자작하게 물 부어
따끈하고 구수한 숭늉에 입맛 달래고
온 가족 둘러앉아 웃음 만들던 우리 집 부엌

고구마 묻어둔 빈 아궁이 앞에
복슬강아지 코 박고 추위 녹이던
그해 겨울 우리 집 부엌이 그립다.

월요일 / 서석노

혼미한 꿈결을 흔드는 알람 소리
창밖에 작은 점처럼 다가오는 옅은 빛
사위는 고요히 정적에 묻혀있는데
억지 기지개 켜며 겨운 새벽을 연다

주말의 여유와 월요일 긴장이 뒤섞이다가
낯선 습관처럼 아침을 바삐 챙기고 나면
하루의 시작은 곧 익숙해지고
아침햇살에 온몸의 세포가 춤춘다

마주치는 벅찬 숙제와 새로운 일들이
아쉽고 떠나보내기 싫던 주말은 멀어지고
새로운 기대와 활력이 호기심 부르고
매주 부딪히는 꽤 긴 월요일.

꽃 씨앗 / 서석노

너는 하늘의 선물처럼
행복과 웃음 가득 뿌려주며
우리 가정에 첫 손님으로 왔지

새싹은 돋아 봄비 속에 곱게 자라고
때로는 불볕 태양과 삭풍 속에서도
아픔 견디고 헤쳐나와 활기차게 피더니
꽃씨 영글어 제자리 찾아가는구나

낯설지만 희망찬 미래의 땅에서
궂은날은 이겨내고 밝은 날은 감사하며
너의 영원한 동반자와 하나 되어
아름다운 꿈 피워내고 가꾸며
소박하고 튼실하고 풍성하게
인생의 꽃밭을 가꾸어 가거라

너희들 미래를 믿고 사랑하며 응원한다
세상 모두의 축복과 신뢰받으며
서로 믿고 사랑하며 행복하게 살아라
축복받을 우리의 꽃 씨앗들아!

밤꽃 / 서석노

유월의 정념 가슴에 와닿고
흐드러진 녹색 비단 폭에
뽀얗고 흰 실타래로 곱게 수 놓았다

햇살의 애무에 꽃잎 펼치고
별빛 흐르는 밤 기다리다가
숨긴 속내 뜨겁게 내뿜으니
향기에 취한 뻐꾹새 밤잠 설치다가
이산 저산 그리운 임 찾아 운다

심연에 숨겨진 욕망은
누를 수 없는 열정으로 피어나고
목마른 사랑의 갈망으로
밤꽃 향기 풍기며 밤을 뒤척인다.

갈대의 여심 / 서석노

늦은 가을 갯가에
가을바람에 솜털 머리 날리며
지난여름 돌아본다

거센 바람결에 좌우로 드러눕고
밀물처럼 덮치는 빗속에도
뿌리 잡고 잘도 버텨 주었다

누가 흔들리는 갈대라 욕했는가
흔들리며 이겨내지 않았다면
오늘을 지켜낼 수 있었을까?

긴 세월 이겨낸 아픔을 알기나 할까
갈대 같은 인내와 지혜로
인고의 삶을 지켜내는 여심을.

무인도 / 서석노

일상은 무표정한 시계같이
한 번도 어기지 않고 흐르며
반복해서 나를 깨워 하루를 엮는다

삶에 부대끼고 나 혼자 될 때
고요한 침묵 속에 나를 바라보며
한동안 시간도 호흡도 멎은 듯한
내 동굴은 말없이 나를 맞아 준다

그곳만 무인도로 알았는데
여기도 무인도 낮에도 밤에도 무인도
외로워 갈매기도 날지 않는 섬

작은 외딴섬에 홀로 서서
푸르른 창공과 수평선 만나는 점
어제도 오늘도 아마 내일도
나는 홀로 무인도에 서성인다.

시인 성경자

시노래
〈흩어지는 바람이길〉

프로필

대한문학세계 시 부문 등단
(사)창작문학예술인협의회 회원
대한문인협회 서울지회 정회원
대한창작문예대학 8기 졸업
2019년 짧은 시 짓기 전국 공모전 대상
2022년 순우리말 글짓기 공모전 대상

〈저서〉
시집 〈삶을 그리다〉

시작 노트

2026년을 맞이하여
현대시를 대표하는 "명인명시 특선시인선"에
참여하게 되어 영광입니다.
특선시인선을 보시는 많은 모든 분께
좋은 일만 가득하시길 기원합니다.

목차

시집 〈삶을 그리다〉

흩어지는 바람이길 / 성경자

바람개비 돌 듯
부드럽게 때로는 매서운 바람이
건물 사이 어둠 되어 버석거리고
깜박이던 불빛도 그렇게 저물어 간다

헐벗은 추억 위로 솟아오른 태양
뜨거운 가슴으로 품으며
한해의 꿈을 심는다

한 움큼의 희망은
설렘이며 꽃이어서 열매 맺을 때
요동치는 심장 소리는 꿈을 키운다

너와 나의 소박한 바람이
가끔 허물어진 시간 속에 갇힌다 해도
약해지진 않을 것이다

지나던 바람이 겨울 갈대를 흔들면
겨울은 문설주를 잡고
희망을 열어 봄을 맞이할 것이다.

계절은 오고 가는데 그리움은 더하고 / 성경자

마냥 목 놓아 울고 싶은 날이면
가슴 깊은 곳에 꼬깃꼬깃 접어 둔
소중한 추억 한 조각 꺼내면
멈춰버린 시간 위로 비가 내린다

삶의 흔적 따라 비집고 앉은 주름도
거북이 등처럼 거칠어진 손등도
때가 묻어 반들거리는 의자를 보면
하염없는 눈물이 가득해 눈을 감는다

살다가 허허로움이 허공을 헤맬 때
마음 둘 곳 없어 뒹구는 꽃잎 따라
뚜벅뚜벅 걸으면 아카시아 향기 흩날리고
하늘은 온통 그리움이 별이 되어 반짝인다

어제보다 예쁜 햇살의 미소에
속절없이 가는 오월의 상념을 뒤로하면
사랑인지 그리움인지 잊고 있던 꿈들이
아지랑이처럼 스멀스멀 피어오른다.

아버지의 잃어버린 시간 / 성경자

바스락거리며 부서지는 낙엽처럼 메마른 가슴을
훑고 지나는 바람이 따뜻했던 추억을 들추면
못다 한 사랑에 하늘은 회색빛으로 슬픔에 젖고
주인 잃은 아버지의 시계는 힘겹게 걸어만 간다

야속하게도 당신보다 먼저 떠난 아내의 빈자리와
사랑하는 자식이 짝 찾아 떠난 텅 빈 둥지를 보며
밤하늘의 달과 별을 보며 가족 잘 되길 기도하며
고독한 나날의 밤을 이겨냈을 아버지가 그려진다

모진 세월을 억새처럼 질기게 살아온 삶은
곪아 터진 상처만큼 지금도 아물지 않고 짓무르는데
주인 잃은 공허한 방 안에 고요한 적막이 흐르고
아버지의 시계만 힘겹게 새벽을 향해 걸어간다.

사랑하는 사람아 / 성경자

사랑하는 사람아
세월의 기다림의 끝은
따뜻한 커피 한 잔처럼
식을 줄 모르더이다

그리운 사람아
시골 둑길에서 살며시
그대 어깨에 기대어 당신과
나눈 사랑이 오늘 그립습니다

보고 싶은 사람아
아무 조건 없이 준 사랑
지금껏 내가 살아가는 힘이며
영원히 가슴에 묻어둘 사랑입니다

잊지 못할 사람아
언제나 푸릇한 하늘 위에
당신이 빛으로 남아있는 까닭에
영원히 가슴안에 두고 싶은 이유입니다.

헛헛한 마음 / 성경자

긴 밤을 지새우며 울던 풀벌레 소리에
흘러가는 세월의 끝자락을 움켜쥐고
쪽빛 하늘을 좇다 보면
잃어버린 순수함에 허기를 느낀다

애잔함이 잔잔히 밀려드는 거리에서
한 여인의 소박한 꿈은 멀어져 가고
견디며 살아가야 할 날들이 많아
성큼성큼 다가오는 계절이 두렵다

오가는 사람들의 바쁜 발걸음 소리는
내려앉은 어둠 속에 그리움이 되고
나는 헛헛한 빈 가슴을 쓸어안고
가만히 눈을 감고 하루를 돌아본다.

우리 행복하자 / 성경자

달빛이 차게 내린 초가을
가을바람 헤치고 외로운 내 가슴에
따뜻한 손을 내밀며 다가온 너

티 없는 미소가 유난히 맑은 너
행복한 꿈을 꾸는 삶은 어떤 모습일지
궁금하게 하는 너
우리 영원히 함께 걸어가자꾸나!

오가는 이와 벗하며 사는 풍경 같은 삶에
메마르고 삭막한 날도 있을 거야
인생의 사계절에 여름이 좋을 수도
눈이 내리는 겨울이 좋을 수도 있지

행복이 뭐 별거 없더라
건강하고 탈 없이 즐겁게 살면
또한 나의 행복이지
커피잔에 어리는 한 움큼의 햇살과 함께
찬란하게 빛나길 바란다.

가을날의 묵상 / 성경자

가을비에 떨어져 쌓이는 낙엽은
쉴 새 없이 바닥을 후려치며 출렁이고
상처 입은 사람들의 가슴을 훑어 내리면
야윈 어깨는 점점 땅으로 주저앉는다

늑골 깊이 파고드는 황량한 바람은
앙상한 나뭇가지에 이리저리 흔들리고
걸쳐진 무게는 무디어질 만도 하건만
아직도 위태롭게 걸린 밧줄을 잡고 서 있다

세상살이가 버거워 힘이 들 때면
흐릿해진 시선 끝으로 걸어가는 발자국마다
수많은 사연이 서려 굽이굽이 흐르고
빗물인지 눈물인지 녹이 슨 시간은 등 뒤로 흐른다

머물다 간 수많은 눈물을 담아
텅 빈 마른 가슴에 채우지 말자
희미하게 머물다 간 어제의 꿈도
상처로 얼룩진 가슴에 담지 말자

계절을 잃은 그곳에도 저녁노을은 붉디붉고
뒹굴며 헤매던 어둠 속에서 여린 풀꽃 시들면
오늘도 헛헛한 마음속에 달은 마냥 차오른다.

자유를 날다 / 성경자

온종일 부리로 쪼아대듯
뜨거운 열기에 정신이 혼미하고
길가에 핀 호박꽃도 산그늘을
바라보다 힘없이 주저앉는다

초록 물이 점점 짙어가는 여름
헤진 나의 양말 뒤꿈치는
일상을 떠돌던 나의 자유에
채워진 족쇄에 날개를 달고

하늘 위로 쭉쭉 뻗은 나무에
어느 한쪽만 들지 않는 햇살처럼
생각의 바램으로 어제와 같은 오늘이
자유이며 인생이다.

어떤 날의 기억 / 성경자

스산함이 감돌던 마음속에
멀게만 느껴지던 임의 향기가
나풀대는 커튼 사이로 내려오면
온 세상은 유성처럼 아름다웠지

사부작사부작 내리던 비는
임의 달콤한 속삭임처럼 들렸고
얼굴 위로 떨어지는 빗물은
임의 손길처럼 부드러웠지

아름다운 잎 팝 꽃잎들이
눈이 되어 내리던 날
나란히 거니는 발걸음은
구름 위를 걷는 기분이었지

소중했던 어떤 날의 기억에 대한
상념은 살며시 내려놓고
또 다른 기다림을 위하여
마음속 여백을 비워놓아야겠다.

어디로 가야 하나 / 성경자

쳇바퀴 돌듯 억겁의 세월
털어 내지 못한 많은 삶에
잔상들이 목 놓아 흐느낍니다

스쳐 간 많은 날의 눈물이
가슴에 타고 남은 재가 되어
이제는 아픔도 무뎌져만 갑니다

가슴 아파지는 추억 저편에
내 마음에 너를 묻을 수 있다면
지는 낙엽 보며 울지 않았겠지요

길 나서면 오라는 곳은 없어도
어디론가 한없이 떠나고 싶은데
갈 길 몰라 이정표 앞에 서성입니다.

시인 성평기

시노래
〈흠 없는 삶〉

프로필

대한문학세계 시, 수필 부문 등단
(사)창작문학예술인협의회 회원
대한문인협회 서울지회 정회원
서울지회 동인시집 들꽃처럼 제 5집 공저
동인 수필집 삶이 물드는 순간들 공저

시작 노트

이번 2026년도 명인명시 특선시인선
응모 기회를 주셔서 감사합니다.
모든 독자분들이 이 시집을 통하여
마음이 따뜻해지고 희망이 솟아나기를
기원합니다.

목차

공저 〈삶이 물드는 순간들〉

눈이 가렵다 / 성평기

어머니는 오늘도 눈에 안연고를 잔뜩 바른다
아들의 지청구에 하루 쉬더니 또 바른다
어머니 눈에는 하얀 안연고가
어머니의 밥이고 김치다
그런데도 안경 없이 손발톱 잘도 자르신다

어머니는 16살에 시집왔다
세 명의 처녀가 같은 동네로 시집왔다
우리 어머니가 가장 이뻤다
눈이 질 이뻤다

94살 어머니가 누워 있다
눈을 제대로 뜨지 못한다
감나무 두 그루, 채마밭, 며늘아 고맙다
희미해지는 환영 칠 남매 기다리며 누워 있다

하루를 더 기다려 보령의 막내가 오자
눈을 뜨는듯하더니 이내 감았다
나는 울지 않았다
딸들은 울었다

화장장 가는 길
벚꽃이 도로 양쪽에 징그럽게 피고 사방으로 날렸다
어머니는 벚꽃 보려고 눈을 크게 떴다
그리고 뜨거운 화로에서 눈은 금세 사라졌다.

흠 없는 삶 / 성평기

단풍잎 하나 주워야지
책갈피에 넣어 올 한 해를 기념해야지

한 잎 주워본다
벌레가 먹었다
다른 한 잎 주워본다
단풍이 덜 들었다
또 다른 한 잎 주워본다
단풍이 너무 들어버렸다

흠 없는 단풍잎 없나?
꼭 맘먹고 찾으려면 안 보이는 게 여기서도 참
그래
단풍도 제 혼자만의 사연 품은
삶을 새기고 있는 것을

어디 흠 없는 삶이 있을까?
사람도 마찬가지인 것을
좀 덜 흠이 있는 단풍잎 하나 주워서
호주머니에 넣었다.

흑자 인생(黑子 人生) / 성평기

올여름엔 참 흑자 인생이다
고단한 생명에 꽃이 피었다
얼굴에 활짝 핀 흑자 꽃
바람과 햇볕이 빚어낸 서사시

그물을 뚫고 뱀이 들어오고
노루가 들어와 채마밭 훔친다
그물보다 촘촘한 선크림도
강렬한 자외선
돌의 표면에 수묵화 그려낸다
바람은
햇볕을 앞지르는 세월의 강렬함이다

동안이라 자랑 마라
흑자(黑子) 너
바람을 피하지는 못하는구나
천망회회 소이불루(天網恢恢 疎而不漏)
하늘의 깊은 능력 세월과 호흡한다.

깊은 골짜기 크리스마스 / 성평기

시커먼 눈발을 헤치고 트럭은 골짜기로 들어섰다
골짜기는 음산했다
우리는 트럭에서 내려 눈발 속에서 입소식을 했다
파월 장병 교육대는 어두워지고 있었다

내무반에 들어서자 생전 보지도 못한
풀 없는 무덤 같은 흙 난로에서 열을 품어대고 있었다
누군가 페치카라 했다
하룻밤 자고 나니 크리스마스였다
우리는 소총과 대검을 지급받았다
법적으로 살인면허를 시행하기 위한 도구였다

크리스마스 캐롤도 들리지 않았다
크리스마스트리도 없었다
하늘엔 영광 땅엔 평화는 소총에 꽂은 대검에 매달려
시커먼 눈발 속으로 날아갔다

그해의 크리스마스는
깊은 골짜기에서 살인 면허 도구를 받던 날이었다
그리고 한 달 후 나는 월남 땅에 내려졌다.

장어 꼬리 / 성평기

아내와 장어집에 갔다
우리는 통 장어탕 시켰다
아내 앞에 한 그릇
내 앞에 한 그릇이 놓였다
주인 여자가 갑자기
아내 그릇과 내 그릇을 바꿔 놓는다

이 그릇에 장어 꼬리가 들었어요
사장님이 잡수셔야
앞가슴 큰 여주인이 한쪽 눈을 찡긋한다

내 고향 선운사 풍천
뭉툭한 자연산 장어가
펄떡 뛰어 둑으로 나왔다가
꼬리 한번 탁 치고 다시 풍천으로 풍덩
힘차게 꼬리 몸부림
올봄은 뜬금없이
특별한 봄이 될 것 같은…

계양산 / 성평기

계양산은 인천에 있다
나는 서울에 있다

비 갠
참으로 맑고도 맑은 날
계양산이 서울로 달려온다

오십 리 길 마다하지 않고
나에게로 온다
나는 그를 껴안는다

어느 비 갠 오후
나의 첫사랑이
계양산 되어 나에게로 온다

나는 그녀를 껴안는다
그녀는 무지개였다.

전화 한 통화 / 성평기

나는 〈전화는 용건만 간단히〉를 철칙으로 여기며 살아왔습니다
그래서 아내에게 경우에도 없는 짓을 했습니다
아내는 절친과 전화를 하면 두 시간도 넘습니다
나의 거듭된 경고에도 아랑곳없습니다
내가 전화기를 내동댕이치고 전화기가 박살 나면 끝입니다
그 경우에 없는 짓을 몇 번 더 하고 끝났습니다
왜냐하면, 아내의 절친이 암으로 죽었기 때문입니다
아내는 우울해졌습니다

전화 통화는 단순히
소식 주고받는 생활 도구가 아니라는 것을
그것은 목소리를 듣는 것이라는 것을
먼 우물 표주박으로 생명수 마시는 것이라는 것을
깨닫기까지는 그 후로도 한참 뒤였습니다

밥 안치던 아내가 손을 치마에 문지르고 핸드폰을 집어 듭니다
"응 내일 아침 일찍 갈게, 염려 마라"
딸 전화에 아내의 손가락 사이 안개꽃 피었습니다.

* 먼 우물 : 먹을 수 있는 우물물.

놋그릇 닦기 / 성평기

우리 집 부엌 멍석 위 놋그릇 수북하다
동네 아주머니들
빙 둘러앉아 놋그릇 닦는다

새댁 다소곳이 무릎 모으고 닦는다
중년 아낙들 여덟 팔자 다리
속 고쟁이 민망스럽다

놋그릇에 푸릇푸릇 쌓인 비밀의
정담 감싸안은 보호막
짚 뭉치 기와 가루 과거를 발가벗긴다
새로 출발하라 한다.

놋그릇 속 음식은 사람 행실
놋그릇은 행실을 담는 예절
예절은 청 녹이 슬기 전에
꼭 닦아 주어야 하는 일
사람 몸과 마음 깨끗이 닦아주는 일
바른 예절이다.

진달래꽃 술 / 성평기

나는 회사 총각 독신료(獨身寮)에 삼 년 동안 살았다
독신료 이름은 청운료(靑雲寮) 멋진 문패
아무렴 젊은이들 모름지기 푸른 꿈은 있어야겠지

어떤 방에서는 기타 소리
어떤 방에서는 새벽 고양이처럼
아가씨가 숨어들고 젊음이 녹아들던 곳

봄이 되면 진달래꽃 따러 영취산에 올랐다
꽃 배암 머리 삐죽이 내밀기 전에 진달래 따 술 담갔다
한 말짜리 옹기에 삼십도 소주 가득

술 익는 냄새 료(寮)를 감싸면 친구들 하나둘 모여들었다
내 방은 총각 냄새나는 사랑방
진달래 연분홍 꽃물 소주에 물들기도 전에 친구들 닦달한다

한지 뚜껑 열고 술이 돌아간다
니체를 말하고 꿈을 말하고 섹스를 말하고
재떨이에 담배꽁초 쌓여가면
최희준의 하숙생, 문주란 동숙의 노래
목청껏 부를 때 영취산 산골짜기가 흔들렸다
10년이 다섯 번도 더 넘어간 세월.

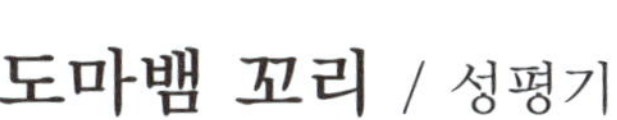 

도마뱀 꼬리 / 성평기

봉천 사거리 골목길
왜 이리 낯이 익을까
언제 와 봤더라
무슨 일로 왔더라
실제로 와 보기는 한 걸까
아니면 전생에서
꿈속에서 가끔 꼭 전생의 일을 꿈꾸거든

므네모시네의 기억은
도마뱀 꼬리처럼 잘려 나가고
오직 무의식 속에
고색창연한
백제금동향로
땅속 깊이 묻히어 있었다

내 살아온 날들
잊고 살기만 한다면야 살만한 세상.

시인 송태봉

시노래
〈자화상〉

프로필

서울 거주
관세사 (주)거보&(주)돈키호테 대표
대한문학세계 시 부문 등단
(사)창작문학예술인협의회 회원
대한문인협회 정회원(서울지회)
2021 한국문학 올해의 시인상 수상
2023 한국문화 예술인 금상
2024 한국문학 발전상

〈공저〉
2025 명인명시 특선시인선 선정 외 다수

시작 노트

가을이란 도화지에 수채화를 그립니다

파란 하늘과 흰색 구름에
울긋불긋 단풍잎은 물감이 되고
황금빛 벼 이삭은 붓이 되어
바람이 전하는 이야기를
가을이란 도화지에 채워봅니다

- 시 〈가을 수채화〉 중에서

목차

공저 〈2025 명인명시 특선시인선〉

나의 바다 / 송태봉

나는 바다를 기억한다

가없이 이어진 수평선과
갈매기의 끼룩거림은
삶의 고단함에 지친
나를 평온함으로 이끌어준다

나는 바다를 그리워한다

쪽빛으로 물들은 수면
그것을 희롱하는 파도
변덕스러운 바람에 순응하여
하얀 돛을 펼친 요트는
나를 꿈꾸게 한다

소낙비 내린 후
거짓말처럼 잔잔한 바다는
이내 파란 하늘을 담아내었고
나는 감히 눈과 가슴을 열어
담아내고 소유하려 한다.

가을 수채화 / 송태봉

가을이란 도화지에 수채화를 그립니다

파란 하늘과 흰색 구름에
울긋불긋 단풍잎은 물감이 되고
황금빛 벼 이삭은 붓이 되어
바람이 전하는 이야기를
가을이란 도화지에 채워봅니다

따뜻한 햇살 아래 고추를 말리는 어머니
공깃밥 그릇보다 조금 큰 앞산 자락에 올라
도토리를 줍는 아버지
마당에 주렁주렁 대추 열매
그리고 그 곁에서 맴도는 고추잠자리

가을의 도화지는 잔잔함입니다

울 밑에 부끄럽게 핀 과꽃
싸리문 밖 발치에 걸리는 코스모스
아기 동산 어깨 녘에
바지런히 겨울을 준비하는 다람쥐

가을의 도화지는 풍성함입니다

새벽 들녘 들려오는 풀벌레 소리와
햇살 머금은 억새풀 사락대는 낮
귀뚜라미 우는 밤

가을의 도화지는 그리움입니다.

오늘이 가장 젊은 날이라네 / 송태봉

어제는
이 겨울바람에 흩어졌고
내일을 기다리는 지금
오늘이 가장 젊은 날이구나

내일의 나에게
오늘은 다시 돌아갈 수 있다면
천금이 아깝지 않을 그날인 오늘이
가장 젊은 날이구나

오늘과 다른 내일을 위해
공부에 열중하는 학생에게도
끝없는 사랑을 약속하는 연인들에게도
가족의 행복을 위해 가히 없는 노력을
아끼지 않는 부모에게도
다시 한번만 돌이키길 원하는
오늘이 가장 젊은 날이라네

이기적인 나의 오늘일 수도
아님 이타적인 하루일 수도
또 상념에 쌓여
지나버린 어제를 안타까워하며
가장 젊은 오늘을 보내지는 않았을까나

하얀 눈이 사락사락
사랑을 속삭이는 겨울밤에는
바람이 전하는 노래를 들으며
장작불의 춤사위를 감상하며
후회 없이 살아온 오늘을 사념하다
문득
아 오늘이 가장 젊은 날이었구나!

삼색고양이의 봄 마실 / 송태봉

볕은 따스하고
바람 불어 흥겨운 날
봄 처녀 마실을 나갑니다

노란 스카프를 두른 영춘화
빨간 나팔을 입에 문 진달래에
귀밑털을 비벼 반가움을 표현합니다

뜬금없는 청솔모의 수작질도
오늘은 마냥 즐겁기만 합니다

나붓나붓 내딛는 걸음마다
이유 없이 발그레 홍조가 피어나고
가슴은 콩닥콩닥

빙그레 입술에 맺힌 미소가
그리고 살짝 패인 볼 우물이
참으로 예쁩니다.

자화상 / 송태봉

낙엽 지는 한적한 거리를 배회하다
향긋한 커피향기에
고개 돌려 카페를 봅니다

어느새 투명한 유리창이 화폭이 되어
파란 하늘이 있고
흰 구름이 있고
커피 향기가 있고
그리고 심각한 모습의 내가 있습니다

미워졌습니다
세상 고민 다 짊어진 듯한 내가
미웠습니다

웃음을 지어봅니다

투명한 유리창이 액자가 되어
파란 하늘이 있고
흰 구름이 있고
커피 향기가 있고
그리고 행복한 내가 있습니다.

낮은 자의 하루 / 송태봉

에스프레소보다 진한 꿈을 가지고
카푸치노보다 부드러운 나날을 꿈꾸며
하루를 시작합니다

흘러내린 땀방울은
부지런한 우리 내 삶의 증거일 테요
살며시 얼굴을 쓰다듬는 바람은
올바른 시간을 살아가고 있다는 위로일 것입니다

먹물을 몇 번이나 칠한 밤하늘의 별빛이
하현달의 곱고 밝은 달빛이
무거운 어깨 위로 소담히 내려앉으면

뜨거운 심장으로
내일의 희망을 위해
온몸을 던져 오늘을 살아 낸 기쁨에
저절로 미소가 피어납니다.

거지의 눈에 비친 평화 / 송태봉

한낮의 게으름

담배를 빼 문체
구멍가게 앞 보도블록 턱에 앉아
뜨겁게 내리쬐기 시작한 햇살을 만끽합니다

헤드셋을 끼고
스케이트보드로 땅을 박차며
통학하는 학생

해변 모래사장 위에 앉아
이어폰을 한 쪽씩 나눠 낀 연인

할머니가 모는
느릿한 자전거

관광객이 내민 스낵을
번개같이 낚아챈 갈매기

새파란 바다 위를
태평스럽게 오가는 요트들

그리고 파란 하늘.

9월에 / 송태봉

햇살이 비좁은 나뭇가지 사이를
비집고 들어와 기어코 대지에
축복을 내리는 아침

달의 숨결이 대지에 닿으면
노을이 드리운 하늘에는
빨갛게 수줍은 구름이 갈 길을 재촉하는 저녁

9월은 어느새 여름을 잊게 합니다

긴 옷에 익숙해지고
살갗을 스치는 서늘한 바람을
당연히 여기는 자발스러움과 뻔뻔함에
슬쩍 부끄러워 외투 끝을 여며봅니다.

추억 소환 / 송태봉

달린다 달린다

조그만 사내아이가
까르르까르르 웃으면서
골목 어귀를 달음박질합니다

아가야 아가야

달걀노른자를 비벼 든 종지를 안은 엄마가
아이의 이름을 애타게 부르며
그 뒤를 따릅니다

한 입만 한 입만

마침내 붙잡혀 도리질 끝에
한입 먹은 아이는
또 달리기 시작하고
엄마는 또 그 뒤를 따릅니다

바람도 구름도 함께 달립니다
그리고 세월도 함께 달립니다.

기다림의 절개 / 송태봉

새하얀 꽃잎은 순결함이요
연분홍 꽃술은 당신을 향한
오롯한 저의 마음입니다

여린 향기 가득 담아
바람 편에 실어 보내오니
님아 님아
뭉개지 말고 어서 오세요

혹시라도 잊으셨을세라
곁가지 위로 뻗어
여기라고 표 냈답니다

마침내 당도하실 당신을 위해
초록빛 손수건을 가지마다 매달은
기다리는 마음을 부디 잊지 마세요.

2026
명인명시 특선시인선
★
poem art

시인 신향숙

시노래
〈비상〉

프로필

대한문학세계 시 부문 등단
(사)창작문학예술인협의회 회원
대한문인협회 경기지회 정회원
대한창작문예대학 졸업
문예창작지도자 자격 취득
대한창작문예대학 졸업 작품
　　　　　경연대회 동상 수상

〈공저〉
문학이 꽃핀다
시로 꾸며진 정원
시 한 모금의 행복
2024 명인명시 특선시인선
기억으로 남는 시

시작 노트

너와의 아름다운 이별을 위해
무지개 뜨는 날에도
달무리 고운 독야에도
수많은 별을 헤고 또 헤었다

소나무 아래 하늬바람 벗 삼아
빨강 주머니 금 가락 지 채우려
비와 벗하고 태풍과 열애를 했다

- 시 〈비상〉 중에서

목차

공저 〈2024 명인명시 특선시인선〉

비상 / 신향숙

너와의 아름다운 이별을 위해
무지개 뜨는 날에도
달무리 고운 독야에도
수많은 별을 헤고 또 헤었다

소나무 아래 하늬바람 벗 삼아
빨강 주머니 금가락지 채우려
비와 벗하고 태풍과 열애를 했다

내 희망의 등대도 되어주었고
나리 고목 아래 기쁨도 되어주었다
동거가 시작된 후 나는 너를 떠나 비상하려고
별난 노력을 다해 보았다

밤새 울어 대는 부엉이처럼
별빛 흘러 모인 은하수처럼
무던히도 너는 나를 짝사랑 하였다

날개야 커져라 멀리 날아갈 수 있도록
가난
너와의 아름다운 이별을 위해
침묵의 마라톤을 떠난다.

그곳에 가면 / 신향숙

태양이 아름다운
미소로 인사하는
동그란 눈을 가진
가장 멋진 인생이 있다

긴 세월 불 피워
익어가는 노을 위에
조롱조롱 매달려
쓴 눈물을 먹는 사랑이 있다

마지막 남은 별 하나 따려고
차가운 바람을 안고
새벽을 달리는
용사 같은 그림자 하나 있다

사랑을 하자 더
아름다운 속삭임으로
하산하는 태양이 부끄럽지 않게

큰 소리로 노래하는 여인이 있다.

비 오는 날 / 신향숙

먼 옛날의 추억을 따라
내리는 빗줄기는
아련한 기억을 쫓아
마음을 달린다

어느 섬에서
나와 같은 생각을
조금이라도 해줄
사랑 하나
서러운 마음으로
그리어 본다

왜 이리 오늘 비는
가슴 위에 내리나
덧없이 세월
다 흘려보내고
옥수수 한알 한알 사라지는데

빗줄기 따라 돌아올
발그림자 그리어 본다.

선물 / 신향숙

파란 치맛자락
하얀 소금 담고
안산까지 시집왔구나

먼 길 마다 않고
해풍 이고
찾아온 예쁜 사랑

그 마음 고마워
통통 알찬 다시마
씹고 또 씹는다

하나하나 기억하며
즐거워했을 목포의 추억
은하수 별빛 되어 맘속에 흐른다.

아름다운 것들 / 신향숙

언덕들이
얼싸안고
불어오는 바람을 맞는다

상수리나무 마주 보는
노을빛 고운 황혼 들녘에
탑새기 멀국을 함께 노래한 고향들이

고수 동굴 석 기둥도 감동한
공동묘지 왕릉이란 멋진 단어를 어루만지며
사랑의 입맞춤으로
서로의 체온을 확인하며 함박웃음 꽃이 메아리친다

곰돌이 고무신아
엉덩이를 더 높이 흔들어라
호산나 뻐꾹이야
할레루야를 두 손 더 높이 들어 외치거라

꿈꾸는 참새들아
오랜 침묵을 깨고
재잘대며
상록수 숲속으로 돌아와

오래도록 보자
나의 벗!
맘속의 고향들이여.

* 탑새기 : 먼지 * 멀국 : 국물 (충청도 사투리입니다)
\# 초등 동창생들과 단양을 다녀와서

봄의 미소 / 신향숙

겨울의 이별인 듯

봄의 미소를 시샘하듯
먹구름 가득 담은 비가 온다

꿈속인 듯 내딛는 걸음걸음
마음은 새털 같다

처마 끝에 긴 고드름 따먹던
추억까지 살아서 달려온다

큰 성에서
거인 같은 나무들 속에서

샛별 같은 눈동자 굴리며
울먹이는 가슴을 안아주며

또 보고 또 읽으며
꼭꼭 눌러 학번을 쓴다.

그리움 / 신향숙

농막 앞 작은 터에
연두색 옷 입고
열무는 놀러 왔는데

삼베옷 차려입고 떠난
내 동생은
언제나 농막에 놀러 오려나.

매의 눈 / 신향숙

먼동 트기 전 역마야 가자
눈부신 햇살 선글라스 부르고
먼 곳에서 향기로운 소식 들려도
신호등 위 못난이와 같이 살자

역전을 향해 달릴 때도
땅거미 빌딩을 덮을 때도
역마야 전봇대 위의 눈을
노을이라 생각하고 예쁘게 보자

알록달록 네온 불 켜지고
밤하늘 별빛 흐를 때도
둥근달 같은 너는 찰칵찰칵
역마야 너는 초심을 잃지 말자

천둥번개 애끓는 심정
너무 뜨거운 불벼락
넌 나를 감시하고 난 구름이 되어
매의 눈에 찰칵 기회를 주지 말자.

봄의 연가 / 신향숙

내가 사랑한 황혼의 노을
느린 걸음 어설퍼 보여도
목련꽃 동산으로 초대한
당신 사랑합니다

사랑의 끈에 바람의 벗을 묶어
구룡산 마루 소나무 옆에서
온종일 미소 짓는
고운 당신 사랑합니다

시들어 가는 꽃
벚꽃이 곱게 핀 철쭉공원 소풍 길에
기꺼이 나서준
청룡 같은 당신 사랑합니다

흰 눈 소복이 쌓이는 날
발자국 희미해진다 해도
우리의 소풍이 끝나는 날까지
소중한 당신을 사랑합니다.

내 동생 / 신향숙

황량한 벌판
비바람 맞으며 외롭게 서 있는
은행나무 한 그루

어느 날 파랑새 한 마리
날아와 앉아
내 편이 되어 주었다

하늬 바람맞으며
나들이에 나선 예쁜 은행은
개나리 꽃피는 봄날을 찾아

황혼빛 고운 노을 아래
아름다운 꿈 꾸는
소녀가 되었다.

시인 심성욱

시노래
〈들장미〉

프로필

경기, 서울 거주
전) 코롱그룹 연구실
전) 부동산 자산 관리사
대한문학세계 시 부문 등단
(사)창작문학예술인협의회 회원
대한문인협회 경기지회 정회원
대한창작문예대학 졸업
문예창작 지도자 자격증 취득
〈수상〉
대한문인협회 금주의 시 선정 (어머니)
대한창작문예대학 졸업 작품경연대회 동상
한국문학 발전상
대한문인협회 한국문학 향토문학상
대한문인협회 경기지회 향토문학 동상
〈공저〉
문학이 꽃핀다
시로 꾸며진 정원 (대한창작문예대학 작품)
별빛 뜨는 창

목차

시작 노트

옷을 다 벗고 서 있는 나무가
봄이 되면 움직이는 생명력이
나의 꿈과 같았다
여름은 다 사랑하는 자연 속의
아름다운 내 마음으로 피어 주었고
가을엔 고개 숙인 자연이
사람들의 손과 마음을 따뜻해하듯
어쩌면 자연도 잔잔한 삶의 생명력은
귀한 사랑이었다

공저 〈별빛 드는 창〉

새봄처럼 / 심성옥

바람이 분다
연녹색은 번갈아 춤을 추고
더 짙게 싱그러워진 모습은
바람 속의 실크 원단처럼 나부끼고 있습니다

님의 화사한 꽃잎은
봄 향기 멋지게 흩어지며
태양은
촉촉이 수분을 머금고 있는 봄을
다정하게 비추어 속삭입니다

햇살 속 님의 눈망울은 총명하게
봄을 재촉하는 마음을 읽어 옵니다
작은 눈 속에는 봄이 무척이나 크게 아름답게 준비되어
그득함을 봅니다

새봄이 그렁그렁 담겨있는 눈망울
곧 터질 고운 님
바람에 살랑거리며 벙글벙글 웃는 모습은
사랑스럽다 다정합니다
나도 옷 갈아입고 님의 눈을 함께 느껴봅니다.

나의 살던 고향 / 심성옥

도랑이 노래하던 집 앞
물길은 햇살을 품고
학교로 향하는 길을 적셨다

논마다 벼가 고개를 흔들고
마을 어른들의 웃음이
바람에 실려 흩어졌다

팥죽 냄새가 골목을 돌면
어머니의 손길이 따라오고
감자 졸인 냄비 속엔
고향의 정이 보글보글 익었다

빨간 입술로 웃던 아이들
그 웃음이 물결처럼 번지던 날

지금도 귀 기울이면
도랑은 흐르고
어머니의 부름이 바람에 실려
고향 길 끝에서 들려온다.

아버지의 보리싹은 봄이었다 / 심성옥

하늘엔 눈보라가 휘날리고 있었다
언 땅에 보리씨를 뿌리시는
아버지의 모습은 겨울이었다

흙이 좋아 흙을 털며
땅에 떨어진 보리알을 덮어주던 손길
그 알들은 언 땅속에서 힘차게
보드라운 새순으로 돋아났다

어느새 파랗게 눈을 뜨고
눈보라 치는 고비를 넘어
지평선 끝까지 번져가는
연녹색 물결이 출렁였다

한 알 한 알이 웃는
들판은 한 줌 뿌린 자연이 성대하다
아버지의 보리밭은
자연이 그린 한 폭의 그림이었다.

하늘이 준 선물 / 심성옥

습도 높은 하루
좁은 내 마음을 들여다본 하늘이
오늘도 수고했다며
붉은 노을을 선물해 주었다

흰 구름은 어디로 흘러갈까
하늘은 말없이
아름다운 저곳을 가리킨다
우주는 참 광활하고
그 선물을 가슴 가득 안아본다

맑고 깨끗한 구름 길 따라
길 떠났던 나도
이제 집으로 향한다

오늘의 하늘을 품에 담아
내일의 추억을 남기며
집으로 집으로 돌아간다.

쥐구멍에 빠진 쥐 / 심성옥

여름밤 천장에는
고속도로 달리는 쥐들
밤이면 눈을 밝히고
먹을 걸 찾아 달리고 뛰며
꼬리가 잡힐까
줄행랑치며 다닌다

잠자던 아버지는
그 쥐 소리에 귀를 쫑긋 세우고
진로를 바꾸는 행동에 초점을 맞추며
길을 읽어 내신다
천장 구멍을 뻥 내고
경비 태세를 갖추신다

조용한 밤 쥐가 턱 하고 구멍으로 빠져
쌀 궤짝 옆으로 숨어 다니는 모습에
온 가족이 몰아대며
한 마리 소동이 일어났다
아버지 손에 잡히고
찍찍 울며 애원하던 쥐
곧 사망했다

그 뒤로는
잠 못 드는 밤이 다시는 없었다
괴로움은 밤을 새워서라도
해결하시던 아버지
그때의 숨결 손길이 생생히 살아 있다
가신 아버지를 나는 그려본다.

예쁜 구두 / 심성옥

내 젊었던 시절엔
예쁜 구두 7센티나 5센티를 신고도
높은 계단에도 말없이
오르고 내리면서도 아무 말 없던 예쁜 다리가

이제는 말을 한다
구두를 신으면 아프다고
조금만 가도 싫다고 그만 벗는다
비싼 운동화를 사주어도
아이고 너무 덥고 답답하여 그만 벗는다

이제 다리 비유 맞추기가
너무나 힘이 든다
아프다고 변해 버린 다리를
달랠 수가 없어 어쩔 줄 모르겠다

어쩌다가 이렇게 되었나
너무나 걸어온 길이 바쁘고
힘이 들어서 몰랐지
이제라도 다리와 시간을
함께하여 많은 것을 회상한다
미안하다 고마웠다 사랑한다.

겨울을 건너는 갈대 / 심성옥

바람에 흔들리는 갈대는
고개를 숙이고 간들거리며
이기려 애써 본다

허리가 꺾일 듯 바람이 불면
서글퍼 운다
그 바람이 무섭다
겨울바람을 몰고 오면
가을은 다 떨어진다

겨울이 와 스산한 바람으로 변하면
새벽 서리가 내려앉고
온 들판이 쓸쓸해진다

저녁노을이 일찍 내려앉아
바람 속에 우는 갈대
그 울음을 누가 달래줄까

바람아 제발
날 좀 가만히 두면 안 되겠니
오늘도 나는
겨울을 건너야 하니까.

들장미 / 심성옥

나의 가는 길에 말 못 할 사연
결혼하고 보니 현실은
아픈 눈물로 얼룩지고
가슴엔 숯덩이로 피어났습니다

수도권에서 서울로 출퇴근하면서
아침 일찍 일어나 늦은 시간에 돌아오는 길
차 안에서 쪽잠을 자야 했던 시간
무정차의 인생길을 가노라니 무아지경이었습니다

지금은 그때를 돌아보면
아팠던 만큼 행복으로 채워져 있고
가슴에는 어여쁜 꽃으로 가득 피어 있습니다

인생은 달달함만 있는 것이 아니지만
고통 속에서 피어난 아름다운 장미처럼
내 삶도 사람들과 두루두루 어울리면서
문학의 꽃을 피워 내는 지금이
그 어느 순간보다 기쁨으로 피어나고 있습니다.

경제와 사람 / 심성옥

하루 종일 지친 몸이
이불 속에 노곤함을 정리한다

몸은 이리 가고 저리 가고
현대인들은 일 찾아 여기도
가 보고 저기도 기웃 알바 찾아
어디에 두어야 할지 몸 하나

세상에 던져 움직이는 경쟁 속에
파고들어 보지만 답은 없다
쫓고 쫓는 삶을 사는 것이다

해박한 사람도 경제와 다투고
경쟁 속에 돈이 도는 것은 사람이다
움직이는 것은 사람이 경제 속에 돈다

돈이 걸어가는 것은 아니다
사람의 마음이 걸어가는 것이다
바람에 뒹구는 낙엽이 서성이는
쓸쓸한 찬 바람만이 다리를 휘감아 보챈다.

추월산의 냇물 / 심성옥

추월산 밑에서 흘러내리는 냇물
강물을 능가하는 넓은 냇가였다
바닷물처럼 고요하진 않지만
졸졸 새는 소리로 마음을 흔들며 내려왔다

사람의 힘으로는 건너기 어렵고
파도의 기운으로나 이룰 듯한
산세와 어우러진
시원한 물줄기였다

그렇게 무섭던 물길도
바다로 빠지고 나면
웅덩이에는 강물로 미처 내려가지 못한
물과 고기가 피난살이를 하고 있었다

그곳에서
고기도 사람도 수영을 하며
자연이 주는 대로 자유롭게
살고 있었다

참 행복한 냇물 속
그 안에서 꿈이 피었다

생명수처럼.

시인 염경희

시노래
〈숨겨둔 사랑〉

프로필

시인, 수필가, 동시 작가
경기 파주 출생, 이천 거주
대한문학세계 시, 수필, 동시 부문 등단
(사)창작문학예술인협의회 회원
현) 대한문인협회 홍보국장
현) 대한문인협회 경기지회 사무국장
(사)한국문인협회 정회원, 이천문인협회 정회원
대한창작문예대학 졸업
문예창작지도자 자격증 취득
〈수상〉
베스트셀러 작가상, 한국문학 발전상,
짧은 시 짓기 (금상, 은상, 장려상)
우리말 글짓기 (금상, 동상, 장려상)
신춘문학상 은상
대한창작문예대학 졸업 경연 은상
〈저서〉
수필집 [청춘아! 쉬어가렴]
제1시집 [별을 따다]
제2시집 [또, 하나의 별을 따다]

목차

시작 노트

남녀노소 누구에게나
울림을 주는 시를 짓고 싶다.
향기에 머물고, 추억으로 간직한 지난날들
그 또한 행복이었다고 기쁨으로 말하고 싶다.

매서운 바람 불어도 쓰러질 듯 흔들리며
꽃을 피워 향기로 기쁨을 주는 꽃처럼
진솔한 희망을 담아 시를 짓는 시인이 되고 싶다.

제2시집 〈또, 하나의 별을 따다〉

겨울 무지개 / 염경희

긴 잠을 툴툴 털고 나선 오솔길
구름 뒤로 살포시 내민 햇살이
뼛속까지 스며들 듯 상큼하다

솔가지의 하얀 꽃가루는
긴 잠에서 깨어난 것을 축복하듯
눈 꽃길 열어주고

잠재된 모든 잡념
들숨과 날숨으로 걸러내며 걷는 길
겨울 목의 우듬지 사이로
겨울 무지개가 떴다

"너무 곱다, 너무 고와!"

환희를 감출 수 없는 산책길
언 땅을 비집고 잎을 틔우는 새싹처럼
무력해진 심신을 충전하는 시간

이제 침체한 일상을 벗어내고
하얀 눈 위에 피어나는
겨울 무지개처럼
형형색색의 삶을 빛나게 살아보자.

아침 편지 / 염경희

톡 톡 토닥토닥
들려오는 가을 빗소리와
문지방을 넘어선 가을 향기에
스르르 잠이 들었다

얼마만의 단잠이었을까
이름 모를 새들이
아침 편지 물고 와
오색 나뭇가지에 걸어 놓는다

살랑 살랑이는 운무 따라
모닝커피 향 단풍에 스며들고
청아한 목소리로 읽어주는
새들의 아침 편지에 흠뻑 젖는 시간

가을비 들녘에
더없이 출렁이는 황금물결
끼니를 건너도 배부른 아침이다.

숨겨둔 사랑 / 염경희

낮에 떠돌던 구름이
소리 없이 울고 있는 밤
어스름이 깔린 후미진 자리에서
술잔을 기울인다

가로등 불빛에 푸르름이 물들고
그 속에서 마음을 주고받는다

모처럼 마주한 자리
달빛은 물안개에 띄워 놓고
빈 잔에 사랑을 채워 마신다

부딪치는 술잔의 떨림이
전류 흐르듯 전해지는 순간
숨겨둔 사랑 횃불처럼 타오른다.

옹이 / 염경희

아주 오랜만에
침실에 든 햇살을 보았다

긴 터널에서 방황하고
미로를 탐색하며
자신이 쓴 굴레 벗어내는 법을 찾는다

어제를 지우고
오늘을 시작점으로
내일의 행복을 채색하는 시간

사랑의 기쁨도
이별의 슬픔도
내 삶의 옹이였다는 사실을 알았고

스스로 다시 태어나면
상처는 아물고
마디마디 박힌 옹이에도
꽃이 핀다는 진리를 찾았다.

또, 하나의 별을 따다 / 염경희

외길 인생 돌아보는 길목마다
눈물샘 마를 날 없었고
다른 길은 생각조차 할 수 없었던 순간들

오로지 역경을 견뎌야 했던 지난날
걸핏하면 눈물받이가 되어
멍하니 허공만 바라보며
한탄하던 때가 엊그제 같은데

넋두리할 곳 없을 때면
애꿎은 솥단지에 속을 털어 채우고
시뻘건 불길로 증발시켰더니
순간순간이 별이 되어 가슴에 안긴다

한 계단, 두 계단
터벅터벅 올라 별을 땄다
이제 소임을 마치고
꽃길로 가는 차표 한 장 쥐었다

황혼으로 가는 길목에서
군주의 큰 별이 기다리고 있다
또, 하나의 별을 가슴에 달고
자유 찾아가는 길에 콧노래 절로 난다.

하얀 제비꽃 / 염경희

하얀 꽃들의 가녀린 몸짓은 마치
작은 나비들이 춤을 추는 것 같아
발길을 뗄 수가 없다

바람이 불어올 때마다
코끝에 전해오는 향기는
눈 오는 날 마시는 차처럼 향긋하다

햇살 가득한 꽃밭에 앉아
나비 닮은 꽃잎과 입맞춤하며
행복을 나누는 시간이다

첫사랑을 만난 설렘으로
가슴 깊이 다가온 그 꽃의 이름은
하얀 제비꽃이었다.

툭 툭 털어 버려! (정년 퇴임 시) / 염경희

이제는 모든 것을 내려놓자
이제는 후회도 하지 말자

그동안 거침없이 달려온
지난날에 머물지 말고
오롯이 나 자신을 사랑하는
삶을 가꾸어 보자

고민도 후회도 하지 말고
툭 툭 털어버리자

내려놓아야
새로운 시작을 할 수 있으니까
두 주먹 풀고 빈 손바닥에
새 그림을 그려보는 것도 괜찮아.

나이 듦의 지혜 / 염경희

분명, 생활 습관 탓은 아닐 텐데
새벽 세시 삼십 분이면
어둠과 아침 인사를 한다

하루가 고되면 더 갭직해지는 눈망울을
소맥(燒麥)으로 마취시킬 때도 있지만
늘 그 시간이면 눈이 떠진다

새싹들이야 일찍 자고 일찍 일어나야
성장호르몬이 분비되어 쑥쑥 큰다지만
더 자랄 나이도 아닌데 왜일까

나이 들면 초저녁에 구들목이 그립고
첫닭 울음소리에 들판으로 나간다더니
아마도 나이 들어가나보다

평생 새벽이슬 맞고 달려 온 삶
터 귀신은 언감생심이고
황혼은 늘 새벽 여명과 함께하고 싶다.

일탈 / 염경희

세 번째 스무 살을 보내고
한 살을 맞는 생일
이날까지 살아오기를 참 그랬다

나를 사랑하지 못한 지난날이
얼기설기 얽힌 칡넝쿨 같고
거미줄에 걸려 발버둥 치는 벌 나비처럼
애잔했던 시간이 파노라마처럼 스친다

밤새 내려준 비에 씻기어
하나하나 실타래 풀리듯 풀려
답답했던 체증이 뚫려 아주 시원하다

앞산 허리춤을 에워싸던 운무는
아장아장 내려와
모닝커피 한잔하자며 마주 앉은 아침

설렘으로 네 시간을 달려와
지붕을 두드리는 빗소리에 취해
세 번째 스무 살 생일을 보내는 밤
일탈의 밤은 잊지 못할 추억이다.

엄마의 함박웃음 / 염경희

며칠 동안 내리는 작달비가 얄밉다
퍼붓는 빗소리에 노루잠으로 지새운 밤
달장 만에 가는 길이 걱정이다

오지마라 오지마!
밤새 달구비가 무섭게 내렸다
이제 그만 웃날이 들면 좋을 텐데
조금씩 작아지는 말끝에는 아쉬움만 가득하다

애타는 마음으로 하늘만 쳐다보니
서머한 마음이 들었을까
빗줄기 밀어낸 안개 틈새로
피어나는 햇살이 엄마의 함박웃음처럼 곱다

애쓰며 빗길 달려올까 봐
먼발치만 바라볼 엄마 생각에
햇살 좇아 달려간 길
얼싸둥둥 신바람에 하늘도 활짝 웃는다.

* 달장 : 한 달
* 노루잠 : 깊이 잠들지 못하고 자주 깨는 잠
* 웃날 : 흐렸을 때의 날씨

시인 유영서

시노래
⟨그 집 앞⟩

프로필

대한문학세계 시 부문 등단
(사)창작문학예술인협의회 회원
대한문인협회 인천지회 지회장
인천시 남동문학회 회원
숨문학작가협회 고문

짧은 시 짓기 전국 공모전 대상 수상 외 다수

⟨저서⟩
제1시집 [탐하다 시를]
제2시집 [지우는 마음도 푸른 물든다]
제3시집 [구름 정류장]
제4시집 [굼벵이의 사계]
제5시집 [노을 싣고 가는 자전거]

시작 노트

시 한 편 데리고
한적한 숲길을 걷는다

푸르름이 무성해
고요가 깊다

- 시 ⟨고요에 길을 묻다⟩ 중에서

목차

제5시집 ⟨노을 싣고 가는 자전거⟩

그 집 앞 / 유영서

햇살 버무려 놓은 듯
장관이다

저 집에 사는 주인장은
얼마나 마음이 고울까

꽃등 밝힌 창가엔
밤마다
별빛 쏟아지는 이야기
달빛 쏟아지는 이야기

살며시 문 열고 들어가
빛 내림으로
빚은 꽃차 한 잔 마시며
담소라도 나누고 싶다.

봉선화 / 유영서

누이가 가꾼 뜨락에
봉숭아꽃이 피었습니다

점심나절
꽃잎을 따다가
곱게 이겨
열 손가락에
칭칭 동여맨 누이

잠자리에 들어
밤새 뒤척이며
잠이 든 누이는
무슨 꿈을 꾸었을까

이른 아침
풀어 놓은
누이의 열 손가락 위에
봉숭아꽃이
빨갛게 피었습니다.

놀이 한마당 / 유영서

가을은
남사당놀이 패

바람이
휘모리장단을 치고 있다

허공에
팔랑거리며 춤추는
나뭇잎

나비 춤추듯
어화둥둥
춤사위 곱다.

여백의 미 / 유영서

어둠을 삼키듯
부엉이 운다

물속에서
건져 올린 감성 하나가
쪽배처럼 떠 있다

고요 속에
피어오른 물안개가
수묵화를 그리고 있다

가만히 눈 감고
달빛으로 빚은
차 한잔 마시며
수묵화 속을 걸어 본다.

휴일의 노래 / 유영서

창가에 부서지는
빗방울이
감성 하나를
건드리고 갔다

흑백 영화의
한 장면처럼
흐릿하게
바람 불고 비가 내렸다.

하안거 / 유영서

처사는
보이지 않고

사방은
고요하다

햇살에
꽃 향 피우고

목백일홍
백일기도 중이다.

고요에 길을 묻다  / 유영서

시 한 편 데리고
한적한 숲길을 걷는다

푸르름이 무성해
고요가 깊다

연민에 빠진 벚나무가
푸르름 곁에 느지막이
꽃을 피우고 있다

길 가는 시인이
참선 중인 바위에
합장하고 길을 묻는다.

봄 처녀가 된 아내 / 유영서

봄바람 따라
나물 캐러 간 아내

둘러메고 온 바구니에
봄나물이 가득하다

무에 그리 기분이 좋은지
흥얼흥얼

풀숲을 뒤지다가
웃음 하나 주웠단다

이래도 흥 저래도 흥

웃기만 하는
아내의 얼굴에
노랑 민들레 꽃이 피었다.

봄을 파는 호떡집 / 유영서

동인천 역사
모퉁이 돌면

봄여름 가을 겨울
사시사철 봄을 파는
시인님의 호떡집이 있다

설탕 두수 푼
씨앗 몇 알

지글지글 달구어진
철판 위에
노릇노릇 익어가는
씨앗 호떡

한입 베어 무니
봄이 화르르

봄바람에
흔들리면 꽃이란다

함께 웃어주면
모두가
꽃이란다

오시는 이도 봄
가시는 이도 봄.

시월 어느 날의 일지 / 유영서

하얀 구름마저
몰아내고
햇살 번지는 오후

하늘이 들어앉아
청잣빛 푸른 호숫가

서걱거리는 억새
바람 따라
숨바꼭질 놀이하다가

햇살
눈부신 옷 차려입고
국화꽃 옆에서 사진 한 컷

서해선 열차 타고
쑥스러워
눈 감고 돌아오는 길.

시인 이경수

시노래
〈오늘이 처음〉

프로필

대한문학세계 시 부문 등단
(사)창작문학예술인협의회 회원
대한문인협회 강원지회 정회원

시작 노트

일상을 품에 안고
계절을 가슴에 새기며
조용히 노래합니다.

"지금"이라는 선물 속에서
모든 순간을 되새기고
인생을 다독입니다.

흘러가는 시간 속
빛과 그림자를 바라보며
오늘의 마음이
내일의 물결이 되어
잔잔히 스며 들기를...

목차

공저 〈2023 대한문학세계 가을호〉

무(無)의 빛 / 이경수

한 줄기 흔들바람
흩날리는 낙엽
길 위에 어지럽게
떠도는 생각들이
하루의 의미를 묻는다

세상 어디에
헛된 삶이 있으랴

등짐을 벗은
마른 잎 하나
덧없이 계절을 건너
무(無)의 빛이 된다.

옹알이 / 이경수

갓난아기 옹알거리듯
풋내 이는 설익은 고뇌에
번민으로 지새운 여러 날들

품속에 재미져서 웃는 아기
눈 맞추고 얼러대는 어미 심중엔
또 다른 어떤 아이가 자라고 있나

나는 오늘도
머릿속 옹알이를 알지 못해
맥락 없는 넋두리만 늘어놓고

징얼대던
아기가 울음이다

너를 달래려는데

내가 네 속을
알아주지 못하는구나.

꽃으로 온 당신 / 이경수

내리는 봄볕 아래
색실로 수놓은 산과 들
생명의 빛을 머금고
봄의 연회가 시작된다

초대라도 받은 듯
나비 한 쌍 하늘로 날고
노래를 품은 바람은
화사한 봄날을 연다

천진한 아이처럼
꽃을 무척 좋아하던 당신
그리움 속 꽃이 되어
내게로 돌아온다.

가을은 / 이경수

또 나를
흔들고 있다

먼발치서 오는듯하더니
어느덧 내 곁에 왔다

그리움도 쓸쓸함도
고독까지도

이제는 익숙한 선물마냥
덤덤하게 받아 들고

살며시 다가와
살며시 가라는데

기어이 가슴을 휘저으며
새기고 있다.

꽃이 피었네 / 이경수

꽃 피었네 꽃이
아침 햇살 사이로
살포시 펼친
깃털 이불 덮고
고운 꽃 몽실몽실
어여쁘게 피었네

길섶에 개나리
언덕배기 철쭉나무
계절 건너 시절 지나
얄따란 시간 두께
금이 간 틈 비집고
고깔 쓰고 반기네

어수선한 계절에
혼돈 속으로 다가와
스치는 찬바람에
살랑이는 흰 꽃망울
어지럽게 흩어진
가지 끝에 앉아 있네.

오늘이 처음 / 이경수

살아가는 동안은
누구나
그날그날 처음 겪는 경험들로
인생을 채워간다

어제는 만나는 기쁨을
오늘은 헤어지는 슬픔을
또 내일은
기다리는 설렘으로

한결같이 처음인 날들이 찾아와
차곡차곡 쌓여 추억을 만든다

그래도
야속하게 흐르는 세월이지만
매일 같은 듯
다른 날들을 갖게 하는 건

가야 하는 긴 여정이
지겹거나 고루하지 말라는
고마운
까닭일 테니.

시간의 길 위에서 / 이경수

나무는
서둘러 잎을 틔우지 않는다
서늘한 겨울을 견디며
침묵 속에서 내면을 다진다

강물은
흐르며 스스로를 내려놓고
그 잃음 속에서
끝내 바다를 얻는다

삶도 그렇다
머물고 잊히고
다시 깨어나는 일

기다림은 멈춤이 아니다
겨울을 맞는 나무처럼
바다를 향해 가는 강물처럼
자신의 봄으로 이르는 길이다.

고요 속에서 / 이경수

지친 하루해
나직이 잠이 들고
흐르던 별빛마저
허공에 머문 밤

숨죽인 불꽃
젖은 장작 위로
스쳐 간 바람 한 점
꿈 한 송이 떨구고
어둠 속으로 멀어진다

잿빛 회상 속
흔들리는 잔 빛
그 마지막 재마저
바람에 흩날려도

꺼지지 않은 불씨
한 줄기 빛으로 깨어나
다시 핀 잔불 되어
고요에 춤을 춘다.

꽃이 진다 / 이경수

서글픔에 꽃이 진다
한 시절 끝자락
짙게 밴 숨결
노을 속에 잠긴다

머뭇대는 발끝에
스치는 한 줄기 바람
흰 꽃잎 흩날리며
흔적마저 지워간다

해거름 머물던 자리엔
흩어진 그대 그림자
서린 향기 한 줌
마음 끝에 멍울진다.

미련 그 굴레에 / 이경수

잊으면 그만인데
놓아 버리면 그만인데

사그랑이 내 안에 남은 하나
버리지 못한 미련에 젖어
무엇을 찾아 헤맸던 길인가

잡힌 듯 손에 쥐면 사라지고
내 것인 양 안으면 흩어지는
부질없는 욕망을 좇아
삶에 옥죄여 잃어버린 시간들

찾으려 할수록 미궁 속으로 빠져드는
처절한 몸부림의 끝에서
놓지 못한 어리석음을 깨우쳐도
다시없을 시간 속에
나는 나를 던진다.

* 사그랑이 : 다 삭아서 못쓰게 된 물건

시인 이현우

시노래
〈시간의 켜〉

프로필

이름: 이현우 (松泉)
대한문학세계 시 부문 등단
(사)창작문학예술인협의회 회원
대한문인협회 정회원
시집 [오지여행] 출간

시작 노트

올여름 유별난 땡볕 더위와 가뭄을 견디어낸
장한 푸른 잎새의 생채기가
적당한 채색의 단풍으로 곱게 익어가면
우리네 삶 언저리도
나름 색과 향이 어울리며 익어가지

- 시 〈어느 시월에〉 중에서

목차

공저 〈2025 대한문학세계 가을호〉

시간의 켜 / 이현우

푸르른 그 시절 시간이 멈춰버린 고요한 골목길
화려한 추억이 녹아 있는 구룡포 일본인 가옥 거리에는
세월의 흔적이 켜켜이 쌓인 역사의 숨결이
아직도 잔영으로 돌담 넘어 낮은 목소리로 속삭이네

모진 세월 비바람에도
휘몰아친 근대화의 물결에도 살아남은
빛바랜 목조 건물들의 창틀에는
아련한 옛이야기들이 어른거리고
발걸음마다 들려오는 추억의 메아리
아스라이 피어나는 그리움이여

붉은 벽돌 사이사이 휘감아 오르는 담쟁이넝쿨처럼
북풍한설에도 붉은 꽃 피우는 동백처럼
늘 새로운 생명이 움트는
차가운 시간을 넘어선 따뜻한 온기가
멀리서 가까이서 찾아오는 순례객의 마음에 점점이 스며든다

옛 영화 고스란히 담고 있는 부두에서 불어오는 시원한 바람이
흘러가 버린 날의 애환을 도닥이듯 옷자락을 스치고
대대로 헤쳐온 어촌 마을의 투박하고 끈질긴 삶처럼
새로운 희망을 꿈꾸는 그림같이 평화로운 어항 구룡포.

오어지가 담은 사랑 / 이현우

포항 운제산 자락 천년 고찰 오어사
고즈넉한 산길 따라
풋풋한 연정 새록새록 피어나던 날
호수 위 잔잔한 물결 속 노을빛에
산그림자 발을 담그면
풋사랑에 수줍은 그대와 나 마주 보았지

기러기 떼 날개 바람결에 실려 온 풀꽃향기처럼
작은 가슴 난생처음
설렘으로 콩닥콩닥 벅차오르던 순간
백양나무 둘러선 에움길을
두 손 조심스레 잡고 걷던
그저 아무 말 없어도
서로의 온기만으로도 좋았던 우리였어

세월은 무심한 강물처럼 흘렀건만
가슴 한켠엔 여전히 선연한 그 미소
시나브로 떠올라 미소 짓게 하는 추억
애틋한 그리움이 시가 되어 흐른다

오어사 풍경 소리 변함없이 고요하고
형산강은 오늘도 말없이 흘러가네
사랑이 시작되던 그 자리처럼
내 마음속에 영원히 머무는 첫사랑.

가을날의 사색 / 이현우

기척도 없이 찾아온 차가운 공기 한 움큼
지친 어깨 위로 살포시 내려앉는 시간
알록달록 물들이다 만 단풍잎 하나
바람에 실려와 창가에 내려앉는다

한 뼘 높아진 하늘 아래
이른 가을 햇살은 한없이 부드럽고
따뜻한 찻잔 감싸며
메리골드 꽃향 한 모금에
혼란한 일상의 무게를 잠시 내려놓는다

감미로운 음악에 가만히 눈 감으면
뚜벅뚜벅 걸어온 시간의 발자국들이
한 폭의 소박한 수채화 되어
가물어 갈라진 마음 한켠에 잔잔히 자리한다
오늘
가을의 쉼표 속에서 나를 보듬는 따스한 하루.

가을밤의 속삭임 / 이현우

막새바람이 실어 오는
낙엽들의 속삭임에 귀 기울이면
스산함 속에 피어오르는 황금빛 그리움처럼
저물녘 가을하늘 자주색 노을 깊어만 가고

이슬 차가운 어둠이 내리기 전
마지막 햇살이 건네는 온기
포근한 담요처럼
지친 하루를 감싸안아 줄 때

문득 마음 가장자리의 작은 창문을 열어보면
또 하나의 가을이 저물어가는 길목에서
사랑하는 이들과 나눈 소중한 시간들이
밤하늘의 별처럼 반짝이네
깊은 산중 고요함 속에
감사와 위로가 소담스레 쌓이는 밤.

내연산 사계 / 이현우

따사로운 봄바람에 새싹 돋는 땅 위에 햇살 부드럽게 내려앉고
겨우내 움츠렸던 노란 생강 꽃잎 수줍게 고개 들 때
살랑살랑 바람결 따라 향긋한 풀 내음 골 안 가득 채우고
뻐꾸기 노고지리 노랫소리에 온 세상이 깨어나는 계절
아지랑이 사이사이 소망을 가득 품고 조용히 속삭이는 듯

녹음이 짙은 여름 뜨거운 태양 아래 초록빛 세상 더욱 짙어지고
싱그러운 바람 속 열두 폭포 시원하고 웅장한 물소리 계곡 가득 울릴 때
정겨운 매미 소리 더위에 지친 마음을 달래주며 수심 씻어주고
밤하늘 수놓는 별들 보며 꿈을 꾸는 계절 활기찬 에너지로 가득 채워지는 듯

츠렁바위 사이로 울긋불긋 옷 갈아입는 나무들이 바람에 흔들리는 가을
높새바람 구름 실은 하늘은 높고 푸르러 마음까지 맑아지는 때
머루 다래 탐스럽게 익어가고 보경사 노란 탱자 옹골찬 풍요를 안겨주고
따뜻한 차 한 잔으로 호연지기 누리는 계절 차분하게 생각에 빠져드는 듯

하얀 겨울 흰 눈꽃 송이 소복소복 벌거숭이 나무 예쁜 옷 입히고
차가운 바람 속 빙벽 방울꽃 달고 따뜻한 온기 그리워하는 때
희나리 화톳불 타는 소리에 고드름이 흔들리는 밤
진한 쌍화차 한 잔으로 시린 마음 포근해지고 새로운 봄을 기다리며
숨을 고르는 계절이면 땅속에서 조용히 숨 쉬는 생명처럼
소중한 휴식을 선사하는 듯한 내연산은 위대한 스승입니다.

어느 시월에 / 이현우

어느 사이 살포시 다가와
지친 어깨 다독이는 서늘해진 바람결에
흩어진 글머리들을 주워 모아 이렇게 꿰어 본다

올여름 유별난 땡볕 더위와 가뭄을 견디어낸
장한 푸른 잎새의 생채기가
적당한 채색의 단풍으로 곱게 익어가면
우리네 삶 언저리도
나름 색과 향이 어울리며 익어가지

열정으로 타오르던 청춘은
여름 한낮 햇볕에 열상 입은 잎새처럼
얼마나 쓰라리고 아팠던가

응봉산을 넘어가며 하늘 구름 곱게 수놓는 노을처럼
생채기로 인해 온 누리를 아름답게 그리는 단풍처럼
우리네 인생도 잘 익은 홍시같이 알밤같이
계절에 어울리는 아름다움으로 곱게 익어가야지.

가을 단상 / 이현우

한 해의 결실을 거두어 갈무리하는 손길들이
분주함 속에 한가롭고 여유롭네요
한결같이 노을이 아름다운 오후 5시 50분
오곡백과가 풍성하고 오색 찬란한 단풍이 아름다운 계절
시월과 같이 잘 익은 인생들입니다

살아 있는 모든 것들은
예쁘게 피운 꽃들과 이별해야 열매를 맺듯
꽃보다 아름다운 젊음을 불사른 인생의 고운 열매가
잘 익은 과일보다 한결 아름다워요

시월의 문지방을 넘어 뒤돌아보니
무더위도 장마도 때로는 모자람도 선물이었네요
인생도 사계절인데 그때그때 버리고 가야 할 것들을
지고 가므로 삶이 너무 힘겨운 줄 알면서도
아닌 척 모르는 척 짊어지고 걸어갑니다

버리면 한결 가볍고 편한 것을
우리 삶도 욕심을 버리고 마음을 비우면
평안이 선물로 주어지는데
쉬우면서도 어려운 것이 버리고 비우는 일인 것 같습니다

이 아름답고 풍요로운 계절에는
거둠과 나눔을 통하여 욕심은 빼고
기쁨을 곱하며 사랑을 더하여
가득 채우는 우리이기를 두 손 모아 기도합니다.

성류굴 / 이현우

선유산자락 피암 절벽 신이 빚은 자연 조형
왕피천과 매화천이 어우러져
망양 해안 스며들어 동해로 가고
산과 강의 아름다움이 천혜의 절경으로
신선들이 노닐던 곳 지하 금강 성류굴

수억 년 시간이 빚어온 종유석의 석주와 석순
넓은 광장 수중동굴이 신비로운 지하 궁전
진흥왕의 발자취와 원효대사 숨결이 서린
삼국유사 관동유기에 새겨진 유서 깊은 천하절경

임진왜란 때의 슬픈 사연을 구석구석 품고 있어
밝혀놓은 작은 불빛들이 눈물처럼 아롱지네
우리나라 동굴관광 제일 먼저 시작하여
청춘 남녀 신혼여행 학생들 수학여행 이어지던 관광 명소

아스라이 스러지는 그 시절의 추억들이 일엽편주에 실려
무심한 강물 위에 아른아른 가물가물
내 마음을 달래주려 작정하고 와서 보니
희고 붉은 성류굴 그 웅장하고 아름다움 여전하다.

해파랑길 28 / 이현우

부구에서 호산까지 함께 걷는 해파랑길

동해를 굽어보는 보물섬을 이웃하여

암수 거북 사연 안고 마주 보는 거북바위

푸른 파도 부딪쳐서 하얀 포말 일으키며

파도 소리 장단 맞춰 춤을 추는 부구 바다

호수 같은 하늘 품은 평화로운 어촌마을

아름다운 석호 항에 달그림자 드리우면

진주마냥 부드러운 윤슬은 또 하나 숨은 보석

한가로운 날갯짓의 갈매기 떼와 바다 위 낚시공원

망자산을 뒤로하여 작은 그림만 한 나곡 해수욕장

기암괴석이 어우러져 환상적인 자연경관을 자랑하는

봉화산 솔바람에 땀 식히며 해안 절경 숨 고르고

아까시 배롱나무꽃 필 무렵 아름다운 도화동산 뒤로 하고

강원 삼척과 경북 울진 실개천이 도 경계인 울진고포 삼척고포

잊지 못할 울진 삼척 무장 공비 침투 사건 다시 떠오르고

임금님께 진상했던 특산물인 고포 미역 유명하지요

자드락길 내려와서 쉬엄쉬엄 에움길로 월천마을 들어서니

강물과 바다가 만들어 놓은 모래톱에 소나무 몇 그루가 솔섬이라네

민물 짠물 어울리니 숭어들의 천국이고

강변 해안 뜨는 달이 기막히게 아름다워 월천이라 부른다오

하트모양 조형물의 포토존이 아름다운 포구에서

또 한 장의 이야기를 쓰고 갑시다.

청송, 자연의 품 / 이현우

산과 물이 어울려서
신비를 담아내는 비경의 고장

바위틈 사이에도
푸른 소나무 굳건히 뿌리 내린 곳

맑고 깨끗한 바람이
싱그러운 솔향을 실어 나르고

골마다 마을마다
샘처럼 솟아 오는 넉넉한 인심은

사람의 정이 어떤가를
알고 느끼게 하는

주왕의 숨결로 능금이 익어 가는
청송은 그저 땅이 아니라

영과 혼까지 쉬게 하는
넉넉한 안식처여라.

시인 임강식

시노래
〈해당화 향기〉

프로필

전남 해남 출생, 서울 거주
(사)창작문학예술인협의회 회원
대한문학세계 시 부문 등단
대한문인협회 서울지회 정회원
청안문단 시조 시 부문 등단
청안문인협회 정회원

〈저서〉
시집 [살아간다는 것]

시작 노트

바쁘게 달려온 나의 삶이
가을 문턱을 넘어왔습니다

마음은 봄이고 가슴에는
꽃망울이 올라오고 있습니다

새롭게 펼쳐질 인생길의 행복을
시로 노래하고 싶습니다

목차

공저 〈2025 대한문학세계 여름호〉

바람 찬가 / 임강식

꽃잎이 춤을 추고
나무들이 흔들린다
오는 것이
소리인가 바람인가

그늘에 숨은 꿈에
속삭이는 바람들이
잊혀진 마음 부르고

우뚝 솟은 먼 산 사이
맑고 푸른 하늘 위에
구름은 바람 따라
세월 따라 흘러간다

실려 오는 바람 꿈이
새싹처럼 움튼다.

꽃망울 / 임강식

꽃망울은
고개를 드는데
그리움을 묻어 버린
꽃샘바람 찬바람

고개를 들다 말고
숨을 죽이고
어디론가
숨어버린 꽃망울

꽃망울 시샘하듯
봄의 첫발 멈추는
차가운 꽃샘추위

새싹의 꿈
숨 쉬는 꽃봉오리
따스한 햇살 틈 비집고

봄의 문턱에 만개할 날
기다리는 꽃망울을
그리움으로 품어본다.

홍시 꽃 / 임강식

봄 햇살에 웃던 날
고운 꽃 배시시 웃더니
수줍어 꽃잎을 가리고
곱던 꽃 떨어진다

새벽잠 설치며
땅에 핀 노랑 간식
꽃으로 허기진 배를 채우니
감꽃 한 주먹에 행복한
미소가 흐른다

이슬이 서리 되니
감잎 하나둘 찬바람에 날리고
횅하게 빠진 머리숱에
나목이 된 대머리 감나무

감추었던 홍색 보물
어렵게 알몸 드러내니
나목의 자태
화려한 가을꽃이 되었구나.

밤낚시 / 임강식

어둠이 빛나는 밤하늘에
숨죽인 금광 호수

그 물결 위로
떠오르는 은하수
캐미가 아름답다

밤하늘 은하수 바라보며
산사의 목탁 소리 들으며

즐기는 밤낚시
밤에 피는 꽃 은하수
그 캐미의
움직이는 설레임에

월척일까 피라미일까
소쩍새 울음소리가
새벽잠 깨우고

행복한 나의 미소는
어둠을 밝혀 준다.

석촌호수 벚꽃 길 / 임강식

한 걸음 두 걸음
발자국 소리에
그리운 얼굴들이 스쳐 가고
옛 추억이
밀려오고 있는데

벚꽃 길에
흩날리는 꽃잎은
하얀 눈송이 되어
호수를 수(繡)놓고 있네
상념에 젖은 석촌호수
봄의 숨결이여

바람이 속삭이면
꽃잎들이 춤추고
벚꽃이 지고 나면
남겨진 그리운 향기

추억의 그림자 안에서
우리 다시 만나듯

너와 나의
숨어있는 이야기
석촌호수 벚꽃 길
영원히 젖어있는
마음의 벚꽃 길

오늘도 들려오는
너와 나의 발자국 소리.

어머니의 텃밭 / 임강식

여섯 남매 뛰어놀던
어린 시절
웃음소리 끊이지 않던
어린 시절 고향집

어머니의 텃밭엔
항상 푸르름이

아버지의
지혜로운 삶이 생생한
이곳 옛 집터에서
사랑과 희망이

가족들의 이야기꽃 피우던
아련한 기억들이 생동하구나

그곳 떠나 긴 세월 지나고
옛집 찾아와 보니
꿈을 키우던 그 터엔
집은 허물어지고

외로이 남아있는 집터
허무한 시간이여
다시 돌아갈 수 없는 지난날이여

어머니 푸른 텃밭 그리며
여섯 남매 추억 그리며
눈물 삼키는 빈터를 바라본다

빈터에 남은 아름다운 추억을
영원히 간직하리라.

해당화 향기 / 임강식

강가에 피어난 해당화
미소 따라 강물은 흐르고
햇살 머금은 잎새들
바람에 살랑이는데

아픔을 잊게 해준
해당화 분홍 빛 미소

고요 속에 강물은 흐르고
세월은 소리 없이 지나도
변함 없이 피어나는 해당화

그대는 해당화
고운 향기 강물 따라 흐르듯
인향(人香)은 세월 따라
흘러
흘러
더 멀리 더 깊게 흘러가네.

향수 / 임강식

서산에 노을빛이 물들면
누렁 황소 소리
귓전을 맴돌고
고삐 잡고 집으로 향하던
옛 마을 생각난다

산자락에 흐르던
시냇물 소리
은빛 피라미 춤추고
둥근 조약돌의 속삭임이 들려오는
옛 마을 시냇가
다슬기 잡던 그때 그 시절
생각나
물속으로 뛰어들고 싶다

동네 어귀에 서 있던 느티나무
지금도 나를 반겨 줄까
그 느티나무 아래서
헛기침 소리 내시던
그 어르신들은
어디로 가셨을까

시냇물 따라 들려오는
고향 생각이
노을빛 따라 펼쳐지는
고향의 모습이
오후의 나를 싣고 떠나간다.

고향 가는 길 / 임강식

굽이굽이 익숙한 고향 가는 길
논두렁 따라 피어난 들꽃
차창에 기댄 산
낯익은 풍경이 스쳐 가고
어릴 적 뛰놀던 그 길은 그대로

가슴 한 켠 시큰한 그리움
어느새 눈가 촉촉해지고
멀리 보이는 야트막한 산봉우리는
어머니의 등 같아라

황금빛 물결 일렁이는 논 사이로
정겨운 시골길 이어지고
졸졸졸 흘러가는 맑은 시냇물 소리
발 담그고 물장구치던
추억이 떠오른다

골목 어귀 다가설수록
가슴 뛰는 그리움이 더 커지고
따뜻한 미소로 맞아줄
어머니 얼굴이 눈물처럼 아롱거린다

정겨운 사투리 인사 건네며
보고 싶은 얼굴들 마주하고
시간은 흘러 강산은 변했어도
고향 가는 길은
언제나 익숙한 길이구나.

햇살 / 임강식

아침이 밝아오면
부드러운 햇살
창가에 다가와

따스한 빛
어두움 밀어내고
새로운 하루를 열어 준다

반짝이는 나뭇잎
피어나는 꽃들이
나를 안아 주고

가슴은 햇살 속에 숨 쉬며
희망을 노래한다

마음속 깊은 곳에
내일의 꿈 피어나고

햇살은 나의 님

너를 맞이하는 행복에

오늘도 내 영혼은
환희의 춤을 춘다.

시인 임세훈

시노래
〈요만큼만〉

프로필

제주특별자치도 함덕 출생
법학사, 법학석사, 법학박사 학위 취득
대한문학세계 시 부문 등단
서정문학 시 부문 등단
한맥문학 수필 부문 등단
(현) 한메로공인중개사 사무소 대표
(현) 우리 관습법 연구소 소장

〈수상〉
한국문학예술인 대상
"한 줄 시" 공모전 대상 외 다수

〈저서〉
산문집 [밀알이야기]
제1시집 [세월은 지워져만 가고]
제2시집 [거울 속의 다른 나]
제3시집 [로그아웃되지 않은 유령]

시작 노트

사랑이 아플까 봐
내 마음을
새싹처럼 요만큼만 틔웠어
혹시라도
너의 계절이 아니면 어쩌나 싶어서

그런데도
너는 봄처럼 와서
전부를 피워냈어.

- 시 〈요만큼만〉 중에서

목차

제3시집 〈로그아웃되지 않은 유령〉

인쇄된 마음 / 임세훈

그대에게 하고픈 말이
구름처럼 부풀어 오릅니다

삭제될까 두려운 마음에
나는 한 장 또 한 장
조심스레 인쇄를 시작합니다

잉크는 내 심장
종이는 하루하루의 고백

프린터는 조심스레
내 마음을 눌러
그대에게 닿을 문장을 찍어냅니다

삭제 키는 망설임 같고
커서는 이별의 손짓 같아
그래서 저장 대신
나는 인쇄를 택했습니다

책상 위에 쌓여가는 고백들
그대가 펼쳐보지 않아도
나는 이미 전부를 건넨 셈입니다

바람에 흩날리는 종이조각처럼
내 마음도
그대 곁을 맴돕니다.

나의 아이를 돌려줘 / 임세훈

한때 나는 봄이었지
꽃잎 같은 웃음으로 세상을 물들였지
바람은 내 이름을 부르고
햇살은 내 어깨 위에 앉아 놀았지

지금 나는 겨울의 끝자락
잊힌 나이테처럼 조용히 앉아
거울 속 낯선 얼굴을 바라보며 속삭이지
"나의 아이를 돌려줘"

그 아이는 나였지
불꽃처럼 뛰던 심장 물결처럼 흔들리던 꿈
그 아이는 나였지
시간이 아직 나를 몰랐을 때

아마도 세월은 도둑이었겠다
내 안의 아이를 데려가
주름진 껍질만 남기고 기억 속에 숨어버렸지

나는 외친다 "나의 아이를 돌려줘"
그 눈빛 그 걸음 그 웃음
내 안에 아직 살아 있는 작은 불씨 하나를

혹시 바람이 다시 내 이름을 부르면
그 아이가 돌아올까
"짠" 하고 내 안의 봄이 다시 피어날까?

적용 범위 / 임세훈

내 마음의 적용 범위는
그대의 눈빛 끝자락까지입니다

말 한마디 숨결 하나에도
조심스레 반응하는
작은 센서처럼
다가가는 법을 배우는 중입니다

너무 가까우면 상처가 될까
너무 멀면 잊혀질까
그 사이
적절한 거리의 온도를 찾는 일

그대가 웃을 때
내 마음은 허용 범위를 넓히고
그대가 침묵할 때
나는 다시 경계선을 그립니다

사랑은
무단 접근이 아닌
승인을 기다리는 기술입니다

나는 지금
그대의 마음에 적용되기를
조심스럽게 요청하는 중입니다.

목소리의 재단 / 임세훈

법정은 종이로 만든 신전이었다
천장에 매달린 저울은
눈 대신 귀로 무게를 재었고
벽은 수백 개의 심장을 품고 있었다

증언은 나비처럼 날아와
한 사람의 입술에 앉았고
그 입술은 때로
진실보다 아름다운 거짓을 품었다

판결은 돌처럼 내려앉았고
그 돌은 심장을 건너 기억의 강에 빠졌다
그 기억은 말이 되었고 말은 다시
누군가의 생애를 베었다

판사는 가면을 쓰고 있었고
그 가면 속엔
흔들리는 눈동자가 있었다
진실은 손을 들었지만
아무도 그 손을 보지 못했다

그래서 재단은 한 사람의 침묵을 기록했고
그 침묵이 종이 위에 닿았을 때
한 세기가 판결되었다.

출금하다 / 임세훈

너를 떠올릴 때마다
내 마음의 잔고는 출렁인다
작은 미소 하나에도 이자는 붙고
숨결 소리에도 이체가 된다

ATM 앞에 선 나는
비밀번호 대신 너의 생일을 누른다
"삐" 소리와 함께
가슴 깊은 곳에서 너를 꺼낸다

지폐처럼 접힌 기억들
첫 만남의 설렘 마지막 인사까지
모두 인출되어 손에 쥐어진다

사랑은 언제나 출금 중이다
다시 입금할 수 없는
너라는 이름의 통장
내게 남은 잔고는 미련이란 숫자뿐.

물빛 가지 끝 연분홍이 머물다 / 임세훈

물빛 가지 끝에 연분홍 속삭임이 머물다
바람은 그 끝을 살짝 물고 지나가고
햇살은 그 위에 연두를 얹어 놓는다

꽃 물빛이라서
어머니의 숨결처럼 고요한 개복숭아 꽃
골목 담벼락을 타고 흐르던 기억의 물결이지요

한때는 새들이 시위를 당기던 봄날
그 화살촉은 내 가슴을 지나
봄빛 아래 멈춰선 나를 조용히 찔러왔지요

껍질 너머로 드러난 순백의 결은
손끝에 푸른 숨결이 번져오고
그 안에 감춰진 눈부신 속살은
하늘을 향해 조용히 기도했어요

기억의 빛살은 사라지는 것이 아니라
잊히는 법을 배우는 것이지요
그 자리에 남은 그림자조차
봄을 품고 다시 피어나니까요

그래서 나는 오늘도
그리움이 이끄는 대로 길을 따라갑니다
연분홍 속삭임이 머물던 그 물빛 가지 끝에서
다시 한번 눈부심을 기다리며.

요만큼만 / 임세훈

햇살이 너무 눈부셔서
그림자 한 조각
요만큼만 빌렸어
너 없는 하루는
빛만으로는 버거웠거든

그리움이 넘칠까 봐
네 이름을
물 위에 요만큼만 띄웠어
파문이 번질까
숨도 조심스러웠지

사랑이 아플까 봐
내 마음을
새싹처럼 요만큼만 틔웠어
혹시라도
너의 계절이 아니면 어쩌나 싶어서

그런데도
너는 봄처럼 와서
전부를 피워냈어.

그대라서 아팠오 / 임세훈

그대는 내 안의 별이었소
밤마다 나를 물들이는 은빛 숨결
나는 그 빛을 품고
어둠을 걷는 그림자였죠

사랑은 유리로 된 나비
손에 쥐는 순간
조용히 부서졌고
그 파편은 내 가슴에 꽃처럼 박혔어요

그대의 말 한 줄은
시간을 휘는 마법 같았고
나는 그 마법 속에서
자꾸만 잊히는 나를 보았죠

그대라서 아팠오
그대는 봄의 얼굴을 한 겨울이었고
나는 그 계절을 믿고
눈 속에 씨앗을 심었어요

결국
그대는 지나가는 별똥별이었고
나는 소원을 빌다가
그 빛에 눈이 멀었죠.

그대 지우는 연습 / 임세훈

밤마다 별빛을 지우는 연습을 해요
그대가 머물던 하늘이
너무 환해서 잠들 수 없으니까요

기억은 물속의 그림자처럼
손을 뻗으면 멀어지고
가슴속엔 아직
그대의 숨결이 파도처럼 밀려와요

나는 거울을 닦으며
그대의 눈동자를 지우려 하고
창밖의 바람에게
그대의 이름을 맡겨 보냈죠

지우는 건 잊는 게 아니라
다시 그리지 않겠다는 다짐
그대는 내 안의 별이었고
나는 이제 그 별을 묻는 밤이에요.

물속의 별 / 임세훈

사람들은 말하지
물고기는 물을 떠나지 못한다고
하지만 나는 봤어
어항을 넘은 물고기가 별을 향해 헤엄치는 걸

직장은 유리 어항 같아
밖은 보이지만 닿을 수 없지
그 안에서 가장 먼저 금 가는 건 움직이지 못하는 마음이야

연봉은 닻이고 일은 조류 닻 내린 배는 흘러가지 못해
그 배에 탄 사람은 파도보다 상사의 말에 흔들리지
힘이란 건 날개가 아니라 날 수 있다는 믿음
자리를 옮기는 게 아니라 자리에 물들지 않는 것

내가 아는 교사는 하루가 모래처럼 흘러
자신도 모르게 모래성 속에 갇혔다고 했어
체력이 모래알 같아 손가락 사이로 빠져나가더래

말 한 줄에 무너지는 사람은
사실 그 말에 집을 짓고 있었던 거야 벗어날 수 없으니
그 말이 천장이 되고 벽이 되고 숨이 막히는 거지

하지만 잃어버린 별자리를 찾아
밤하늘을 헤매는 물고기처럼 어항을 깨고 우주를 품지
그런 사람은 물속에서도
별을 보고 어둠 속에서도 길을 찾아 누구보다 빛나.

시인 장희주

시노래
〈시월의 기도〉

프로필

대한문학세계 시, 동시 부문 등단
(사)창작문학예술인협의회 회원
대한문인협회 경남지회 정회원

〈저서〉
시집 [그리움은 하늘에 닿아]

〈수상〉
2025년 짧은 시 짓기 전국 공모전 장려상
2025년 금주의 시 선정

시작노트

"삶의 작은 순간에도 감사하며, 자연과 가족, 그리
움 속에서 시를 길어 올립니다
시를 통해 세상의 따스한 마음과 빛을 전하고자
합니다."

목차

시집 〈그리움은 하늘에 닿아〉

시월의 기도 / 장희주

고운 옷 고운 걸음으로
내게 살며시 다가와
내 볼을 발갛게 달구던 그대

형형색색 고운 빛으로
내 마음마저 물들이던 그대

짙어갈수록 다가오는 이별
아름다운 노래는
이별의 슬픈 노래로 바뀌어가네

어차피 올 이별 앞에
붉게 타오르는 단풍처럼
아름답게 마음껏 사랑을 하자

돌아서서 눈물 훔치더라도
아름답게 보낼 수 있게

발갛게 발갛게
사랑을 하자

우리 그렇게
붉은 사랑을 하자.

들국화 향기 따라 / 장희주

어느 가을날
너는 나의 가슴을 파고들었다

달콤 쌉싸래한 향기를 품고
내 가슴에 전율을 일으키며
향기로 너를 잊지 말라고
나의 오감에 각인을 새긴다

눈을 감아도 느껴지는 너의 모습
향기 따라 너와 길을 나선다

가을 속으로 깊숙이
돌아올 길을 잊을 만큼
갈 데까지 가보자

너의 향기는 나를 이미 마비시켰다
돌아올 길을 잊을 만큼.

연잎 위의 청개구리 / 장희주

청개구리 한 마리
조용히 연잎 위에 앉아 있습니다

말 안 듣는다고
온 세상에 알려진 채 살아온 청개구리

그 연잎 위 초록빛 고요 속에
앉은 청개구리를 보니
억울한 오명이라도
씻어낼 듯

마치 속죄라도 하는 것 같아
그 모습을 바라보다가
연꽃의 의미를 떠올려 봅니다

내 마음도
가만히 물 위에 떠 있는
연잎 위에 앉습니다

혼탁한 세상에
물들지 말라는
소리 없는 말씀으로 다가옵니다

수많은 꽃잎 대신
왜 연잎을 택했을까

연꽃처럼 살라는
무언의 가르침

나도 이제
연꽃처럼 살아보고 싶어집니다.

버들개지 끝에서 봄은 온다 / 장희주

겨우내 얼어붙은
얼음장 밑

졸졸졸 물소리
봄이 깨어나는 소리

늦잠 자던 봄
눈 비비며 일어나고

기지개 켜면
물가 버들개지 솜털 보송
수줍게 고개 내민다

얼음 위 햇살
눈부시게 반짝이고

버들개지
팝콘 터지듯
톡톡 껍질 사이로 피어오른다

코끝 시린 추위 속
버들개지 끝마다
봄이 와 있다.

이별은 늘 그리움이 되고 / 장희주

9월이 떠난 자리 곱게 색을 입힌
10월이 자리를 메운다

삶이란 이별의 연속이다

오늘 하루 열심히 살아내고
노을빛에 묻어 보낸다

오늘은 또 노을 속으로 사라져
내일의 그리움이 되겠지

아침에 눈을 떠 새로운 세상과
사랑을 하자

한 장 한 장 책장이 넘어가듯 떠나간
오늘이 쌓여 그리움의 페이지가 된다

나만의 이야기가 된다.

호숫가의 투영 / 장희주

길게 늘어선 가로수
하늘가에 흰 구름

호수는 그 모습을
고이 화폭에 담는다

가끔은 지나는 새들도
그림 속으로 스며든다

자연의 아름다움은
호수에 투영되어
한 폭의 그림이 되고

호수와 맞닿은 선 위에서
나는 자연과 하나 되어 웃는다

호수 속에 비친 나도
그 웃음에 함께 물든다

나는 호수를 들여다보고
호수는 나를 끌어안는다.

비 / 장희주

내리는 비를 보며
아무것도 하지 않고
비멍 하고 싶은 날

빗소리에 귀를 열고
하염없이 내리는 비에
눈을 맡기고

빗방울이
바닥에 떨어져
튀어 오르는 모습
건반을 튕기듯

꽃잎에 또르륵
잎사귀에 또르륵

비의 하모니에
빠지고 싶은 날
오케스트라의
관중이 된다.

가을이 가는 소리 / 장희주

꽃이 하나둘
자리를 떠난다

네가 올 때는 그리도 반가웠는데
떠나는 빈자리는
이리도 크구나

네가 머물던 자리
잎들이 꽃인 양 피어나
행복했는데

잎들도 이제
떠날 채비를 한다

떠날 줄은 알고 있었지만
마음 한켠이
공허함으로 차오른다

네가 와서 머문 긴 시간들
영원할 줄 알고
흘려보낸 내가 야속하구나

이제 다시 올 그날을
어이 기다릴꼬
아지랑이 피어날
그 긴긴날을.

가을 숲으로 가자 / 장희주

붉게 물든 가을 숲으로 가자
찬란한 빛깔 붉은 숨결 몰아쉰다

붉은 숨 뱉어낸 자리마다
잎새 떨어지고 가까워져 오는 이별의
그림자 드리운다

너도 푸르고 나도 푸르렀던 시절
늘 푸른 소나무 한자리에서
우리의 발자국과 웃음소리를 지켜보았노라

수없이 맞이하고 또 보내며
한 자리에서
생과 사의 붉음과 푸름 사이
내려놓음과 끌어안음의 경계에서

천년의 세월로 푸르렀어라.

동행 / 장희주

숲길 위 아침 햇살이
나뭇잎 사이로 스며들어
금빛 조각을 흩뿌리며
머리 위로 쏟아진다

발밑 흙냄새가 조용히 숨을 쉬고
바람이 부르는 소리에
내 마음도 따라나선다

졸졸 흐르는 강물 소리에
내 마음도 물결 따라 흔들리고
돌 하나 잎새 하나에도
작은 기쁨이 스며든다

같이 걷자며 따라온 바람의 속삭임
지금 걷고 있는 이 길은
혼자가 아니라고 내 마음을 위로해 준다

바람과 햇살 물소리 나무 그리고 그대
모두 나의 동반자

자연과 사람, 마음이 함께 걷는 길

바람이 볼을 스치고
머리 위로 고요히 햇살이 내려앉는다

남겨진 걸음마다 희망의 꽃 피어난다.

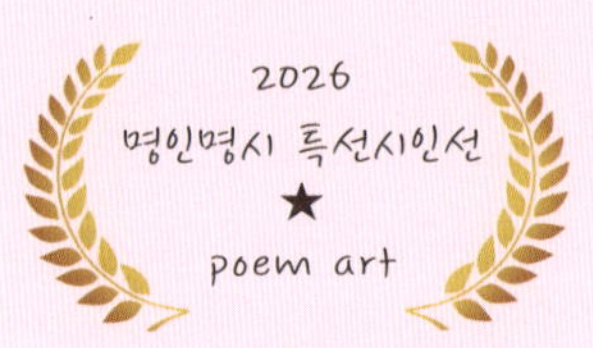

시인 전선희

시노래
〈햇살처럼 머무는
　이름, 율리안나〉

프로필

대한문학세계 시, 수필 부문 등단
(사)창작문학예술인협의회 회원
대한시낭송가협회 정회원
대한문인협회 경기지회 지회장

〈저서〉
1집 "희망풍경"
2집 "삶의 아름다운 풍경"
수필집 "내가 만난 모든 풍경은 행복이었다"

시작 노트

나날의 흔들림 속에서도
우리는 삶을 온전히 살아내며,
사랑하고, 조용히 희망을 품습니다.

눈에 보이는 풍경만이 아니라,
가슴속에 남은 감정과 기억,
그리고 사람과 사람 사이의 미묘한 온기를
조용히, 그러나 진심으로 기록한 이야기입니다.

읽는 동안,
잠시 발걸음을 멈추고
바람과 햇살, 그리고 마음의 숨결을 느껴보시길
바랍니다.

목차

수필집 〈내가 만난
모든 풍경은 행복이었다〉

가끔은 / 전선희

가끔은
모든 걸 내려놓고
그저 한 그루 나무가 되고 싶다

바람이 스치면 흔들리고
햇살이 머물면 고요히 빛나는
말 없는 생이 되고 싶다

가끔은
누군가에게 기대지 않고
홀로 서 있어도 괜찮다고
스스로에게 속삭이고 싶다

웃음 뒤에 감춘 슬픔도
침묵 속에 삼킨 외로움도
그저 나인 채로
괜찮다고 충분하다고

가끔은
세상이 나를 스쳐도
나는 여전히
나로서 살아있음을 느끼고 싶다

그리고 아주 가끔은
마음 깊은 곳에서
조용히 피어나는
작은 희망 하나를
소중히 품고 싶다.

말 없는 위로 / 전선희

하루치의 무게를 이고
터덜터덜 마음을 끌고 돌아오면
밤이 조용히 내 옆에 앉는다

말 한마디 없지만
그 침묵 속에는
세상의 어떤 위로보다 따뜻한 숨결이 있다

빛바랜 기억들을
하나씩 꺼내어 털어내면
눈을 감을 때
속삭이듯 들려오는 것 같다

"괜찮아, 오늘도 잘 버텼어."

누구에게도 내보이지 못한 속마음
밤은 묻지 않고 그대로 안아준다
그렇게 나는
다시 살아갈 용기를 얻는다

말없이 흔들리는 가슴을
다정히 감싸주는
고요한 품
밤은 그런 존재였다.

당신을 보내고 나서야 / 전선희

당신을 보내고 나서야 알았습니다
내 안에 얼마나 많은 당신이 살고 있었는지를

조용히 앉아 있던 의자에도
하염없이 걷던 길 위에도
당신의 이름이 포근히 내려앉아 있었습니다

사랑은 다가가는 일이 아니라
그저 곁에 머물러 주는 것임을
당신이 떠난 자리에서 비로소 배웠습니다

나는 오랜 시간
당신을 비워내야 했고
당신은 끝내
내 안에 머물러 있었습니다.

하늘과 땅 사이에서 / 전선희

하늘을 올려다보면
끝없이 펼쳐진 꿈이 보인다
구름 사이 스미는 햇살이
내 마음 깊은 곳까지 번져든다

땅을 내려다보면
내가 걸어온 자국이 있다
비에 젖고 바람에 깎인 길 위에
묵묵히 견뎌낸 시간이 서려 있다

나는 하늘을 동경하지만
땅 위에서 살아간다
하늘을 품고
땅에 발을 디디며 한 걸음씩 내딛는다

하늘만 보면 길을 잃고
땅만 보면 방향을 잊는다
그래서 때때로 나는 하늘을 보고
다시 고개 숙여 땅을 딛는다

하늘과 땅
그 사이에서 나는
하루를 살아내고
사랑을 배우고
삶을 알아간다.

사랑의 온도 / 전선희

너를 사랑한다는 건
한 잔의 따뜻한 물을
식지 않게 두 손으로 감싸는 일이다

햇살이 눈부신 날에도
그늘부터 걱정되는 마음이고
말없이 스쳐 가는 바람 속에
너의 안녕이 스며 있길 바라는 기도다

너를 사랑한다는 건
꽃이 피는 이유를
굳이 묻지 않는 것처럼
그저 너이기에
내 하루가 이유가 되는 일이다.

새재리아, 그 풍경 안에 머물다 / 전선희

세상의 북적임을 지나
고요한 품에 닿으면
바람이 살며시 등을 다독이고
숲은 말없이 안아준다

아침 안개 머무는 창가에
햇살 한 줌 내려앉으면
편백나무 향기에 마음이 씻기고
숲소리 가득한 방 안은
자연의 품처럼 따스하다

밤이면 별빛이 창을 두드리고
낮이면 구름이 마루를 스치는
이토록 아름다운 곳
이토록 고요한 쉼

창을 열면
계절이 다녀간 자리에
산새의 노래가 머물고
별빛은 지붕 위에
살포시 내려앉는다

그 작은 빛 하나에도
사람은 위로를 받고
삶은 한 뼘 더 따뜻해진다

한 생의 기억으로 남는 곳
새재리아

이곳에서는
머무는 이 모두가
풍경 너머 한 편의 시가 된다.

햇살처럼 머무는 이름, 율리안나 / 전선희

당신의 이름을 부르면
가만히 마음에 햇살이 내려앉습니다

말없이 전해지던 눈빛
살며시 쥐여주던 손길
그 따스함은 지금도
제 곁을 머뭅니다

당신은
말보다 깊은 사랑을 품고
늘 조용히 세상을 안아주시던 분
숨결처럼 다정하고
햇살처럼 고요히 빛나셨지요

하루를 살다 문득 하늘을 올려다보면
그리움이 구름을 타고
조용히 제 안에 번져옵니다

당신은 이제
하느님의 품 안에서
아픔도 근심도 없이
평화로이 쉬고 계시겠지요

남겨진 저는
당신을 닮은 하루를 살아가며
그 사랑을 기억하고
그 빛을 지켜가겠습니다

율리안나
빛으로 머무는
가장 따뜻한 이름

당신이 남긴 것은
시간보다 깊고
눈물보다 맑은
사랑이었습니다.

내가 만난 모든 풍경은 행복이었다 / 전선희

맑은 하늘 아래
따스한 햇살이 내 마음을 감싸고
바람이 춤추는 꽃잎에 닿으면
나는 가벼워진다

내가 걸었던 길 위
스쳐 지나간 수많은 사람들
그들의 미소와 눈빛은 별처럼
반짝이며
내 삶의 한 페이지를 밝혀주었다

인연은 바람결에 흩날리듯
때로는 조용히 때로는 뜨겁게
삶을 채워 갔다

나는 나를 찾았고 세상의 아름다움은
내 가슴 깊이 새겨져
마음속 빛으로 남았다

자연이 준 선물과
사람들의 따뜻한 마음으로
행복은 작은 풍경 속에
별빛처럼 속삭이며 머물러 있었다.

기억 속의 위로 / 전선희

먼 길 떠난 친구들
이제는 다시 돌아올 수 없는 그들
나는 여전히 이 땅에 머물러
그들의 미소와 추억 속에서 숨 쉽니다

삶의 무게에 눌릴 때마다
그들의 기억이 내 어깨를 다독이고
살아야 할 이유를 조용히 속삭여 줍니다

시간의 강 너머 고요한 바람 속에서도
그들은 내 안에서 여전히 살아
나의 걸음을 밝혀 주며 함께 걷습니다

아픔을 품고 떠난 그들의 시간이
오늘의 나를 더 깊게 만들고
나는 그들이 꿈꾸던 내일을 향해
묵묵히 내 길을 이어 갑니다

그들은 떠났지만
내 안의 등불이 되어
언제나 내 길 위에 함께합니다.

삶은 흘러가고 인생은 남는다 / 전선희

삶은 손안에 있는 듯하다가
어느새 흘러간다
눈을 깜빡이는 사이
계절이 바뀌고 마음도 빛깔을 바꾼다

젊은 날엔 멈추면 안 될 것 같았다
더 빨리 더 높이
그게 열정인 줄 알았다

이제는 안다
삶은 쥔다고 내 것이 아니고
놓친다고 사라지는 것도 아니다
손 위의 모래처럼
가볍게 올려둘 때 오래 남는다

행복은 특별한 날에만 오지 않는다
커피 향, 창가의 햇살
누군가의 눈빛 속에서도 피어난다

넘어지면 잠시 숨 고르고
다시 일어서면 된다
그것만으로도 우리는 충분히 단단하다

삶은 흘러가지만
모든 것이 사라지는 건 아니다
마음에 남은 것들이 모여
인생이 된다

오늘을 정성껏 살아내는 일
그 하나로
우리의 인생은 충분히 아름답다.

시인 정래철

시노래
〈김삿갓 생가 방문기〉

프로필

경북 안동 출생
강원 동해시 초,중,고 다님
대한문학세계 시 부문 등단
(사)창작문학예술인협의회 회원
대한문인협회 강원지회 정회원

시작 노트

2026 "名人名詩 특선시인선"
한사람으로 동참하게 되어 무한한
기쁨이자 영광입니다
그리움이 고갯마루 올라서면
눈시울 붉히는 건
서산 넘어 저편에 눈길 두고 온 까닭일 겁니다.

목차

공저 〈2025 대한문학세계 여름호〉

연꽃 / 정래철

또르르 똑
파란 쟁반에 은구슬
쑤우욱 봉우리
연분홍 새색시
드시고 가세요
주먹밥 들고 섰네.

겨울밤 / 정래철

달그림자 찬바람 비켜서

으스름 구름 걸치곤

동짓날 뒤뜰로 나선 길

사립문 건너편 초승달

고운 눈썹 그리다가

오동나무 아래 정안수

눈 흘기면

샛별님 머리이고

그믐달 찾아간다.

긴 장맛날 쳐다본 꽃잎이 말하길 / 정래철

내 창문 두드리는 수많은 빗줄기
정녕 내가 흘린 기쁨에 눈물이
찾아온 건지도 모릅니다
가슴 시린 슬픔에 기억들이 찾아왔다면
아마도 찬 바람 부는 겨울날
눈보라일 테니까요
계절은 늘 한발 앞서갑니다
따라가려니
힘드네요
먼저 가시라 전하니
반백 년 주막에 들러 뚝 자르고
끄트머리만 들고
따라오시라네요.

가을 아침 / 정래철

문 열면 간밤에 귀뚜라미 주문이 통했는걸
금세 알 수 있습니다
가을 아침을 데리고 왔거든요
가을은 기별 없이 몰래 왔지만
아침 햇살 고자질
이슬 머금은 꽃잎에 들켰네요.

흐릿 날 술맛 / 정래철

하늘색이 녹두전 마냥
풀어져 얇게 납작 누웠네
한잔 술에 취하면
구름 타고 두둥실
당신한테 취하면
한평생 두둥실.

김삿갓 생가 방문기 / 정래철

갈 길 먼 나그네 눈길 머무는 곳
비 오면 삿갓 쓰고 떠나면 그만인걸
발길은 어느덧 풍류 천하
김삿갓 계곡에 이르고
마음 흐르는 물길 바람 되어
앞산 구름 띠에 걸리는구나!
떠남이 있었던가?
늘 머물고 있었던걸
지나간 세월이
먹물에 흘러
눈동자에 들어온다.

메아리 / 정래철

먼 길이라도 떠났는지
메아리는 돌아올 때가 지났는데
늘 저편에 건너가면....메아리랑 친한 벗이 있는 게 분명하다
얼른 내 짝꿍을
보내 주세요.

한 곳만 바라본다 / 정래철

거울 앞에 서서 돌아보면
등이 보일 것 같은데
나는 늘 등지고 서서 볼 수가 없습니다
고개 늘 돌리면
내가 보입니다
몸을 돌리려 하지 말고
고개만 돌리세요
그 사람 닮고 싶으면 뒤따르면 되고
그 사람과 가 보지 않은 곳을 가려면
먼저 앞서서 걷는 용기가 필요하고
곁에 있고 싶다면
옆에 서면 됩니다.

가을밤 / 정래철

요즘처럼
가을이 깊어 가는 밤이면
이러저러한 생각들이 더 많아지는 것 같습니다
나만 그럴까요?
아마도 아닐 겁니다
가을이 사색에 계절이라 하는 것 같습니다
이 밤도 난 수없는 모래성과
은하수 저편 견우와 직녀만큼
건너고 오가기 늘 반복합니다
다리는 아프지만
생각에 파도는 수없이 밀려옵니다
이 밤 별빛 바닷가를
또 걷고 있습니다.

보고 살아요 / 정래철

한번 뛰기 시작해서 멈춤 없고
회전 자계에 자기장이 생기듯
평생 쉬지 않고 달려가는
몹쓸 병에 걸린 사내들
굳이 변명을 대변하자면
하나. 내 인생이 한편에 드라마인걸
둘. 차리고 나가려니 가릴 곳이 많네
셋. 여기도 그런데 거기라고....
넷. 만나면 할 말이 마땅히 없어
자연법칙 우주 질서에 따라
울퉁불퉁이 서로 만나야
생성과 소멸이 일어납니다
보고 살아요.

시인 정상화

시노래
〈곱디고운 사랑 하나〉

프로필

대한문학세계 시 부문 등단
(사)창작문학예술인협의회 이사
대한문인협회 울산지회 정회원

〈저서〉
제1시집 [스스로 피어짐이 아름다운 것을]
제2시집 [산다는 것은 한 편의 詩]
제3시집 [그러하더라도 사랑해야지]
제4시집 [아름다운 인연을 만나는 것은]
제5시집 [곱게 물들었으면]
제6시집 [바람처럼 살고 싶다]

시작 노트

꽃 피고 잎 나고 떨어지고 묻히고
그렇게 흘러가는 우리네 삶
나는 어디쯤일까

한 순간 멋지게
한 순간이라도 행복하게
단 한순간만이라도 사랑해야지
순간이 모두일 수 있으니까

- 시 〈지워버린 삶〉 중에서

목차

제6시집 〈바람처럼 살고 싶다〉

시월의 사랑 / 정상화

억새 보푸라기처럼 피어난 가슴이
하늘로 날아오른다

온 들판에 가득 찬 시월의 열정
땀으로 영글은 알곡의 축복
여름날 고통과 아픔을 견뎌낸
저 황홀한 웃음들

봄의 화려한 꽃보다 시월의 익어가는
들녘이 아름다운 것은 젖어 드는
아쉬움 때문일까

봄처럼 아침처럼 처음처럼
그렇게 살아온 여름날 땀방울

무질서하게 보이지만 서로 존중하는
명확한 경계의 아름다움 속에
만들어진 사랑 사랑아!

순간에 피는 꽃 / 정상화

세상을 누워 사시는 당신
맛의 즐거움도 버리는 시원함도
어느 것 하나 의지대로 할 수 없는 삶
무슨 즐거움이 있을까
기억을 지워버리는 순간
알 수 없는 이야기가 콩 튀듯 하지만
하루 한 번 웃는 시간이 있으니
반복되는 행동으로 몸이 기억하는
기다림의 순간
"난 세상에서 어무이가 젤 좋다"
"나도 니가 좋다"
"난 어무이 없음 못 산다"
"나도"
"아프지 말고 살제이"
"니도"
"어무이 사랑해"
"나도 사랑해"
"내 새끼 배는 똥배 내 손은 약손"
순간 터지는 당신의 미소
까만 눈동자에 들어있는 나를 보며 웃는다
코 골며 깊은 꿈속으로 난다
너무나 평온한 얼굴
한 송이 꽃이다
그뿐이다.

봄을 훔친 가슴 / 정상화

봄산은 순산 중이다
만삭의 배를 움켜쥐고
고사리 꼬치미 취나물 우산나물
비비추 미역취 낳고
두릅나무는 하늘로 역산을 하고
나무들은 쬠쬠거리는 손가락으로
연록의 꿈을 그리는데
바람의 유혹에 넘어간 꽃들은
숨넘어갈 듯 토악질을 해댄다
온산 가득 봄의 울음소리 낭자한데
발정 난 멧돼지 놈은 본능을 억제하지 못해
진흙에 뒹굴다 부르르 몸을 털며
도토리 한 알 심고 간다
모두가 진통으로 정신이 몽롱한 순간
꼬치미 한 줌 취나물 두 줌
두릅 몇 개 보쌈해 내려오는 뒤통수가 가렵다.

꽃과 나 / 정상화

꽃을 보고 있으면
순수를 느낀다
마음을 느낀다
진실을 느낀다
사랑을 느낀다
나는 꽃의 삶에 취한다

나는 꽃에게
투명한 가슴이고 싶다
너의 고운 색깔로 물들고 싶다
대가 없는 사랑을 준다
나는 꽃의 향기에 취한다

꽃과 나는
순수함으로 하나 된다
진정으로 하나 된다
사랑으로 하나 된다
서로에게 행복을 준다
나는 꽃과 함께 쓰러진다

꽃은 나에게 아낌없이 보여 준다
당신이라는 꽃이 내 가슴에 핀다
나는 꽃 같은 당신이 참 좋다.

곱디고운 사랑 하나 / 정상화

가슴에
곱디고운 사랑 하나 심어
미소 지으며 산다면 참 행복한 거지

어렵고 힘든 순간에
가난한 사랑이지만 그리움에 안겨
웃을 수 있다면 참 행복한 거지

혼자만의 삶은 기억으로 남지만
둘이서 만드는 삶은 추억이 되고
추억을 먹고 산다면 더 행복한 거지

살아간다는 것
세상이란 무대에 손님처럼 찾아와
주인공처럼 연기 하다 나그네처럼
떠나가니 멋지게 살아야지

나만을 위한 삶이 아닌
함께하는 삶이라서 더욱 행복한
눈으로 확인하는 것이 아닌
눈 감아야 그려지는 고운 사랑아.

지워버린 삶 / 정상화

곱디고운 가슴에
거미줄처럼 얽힌 지난 삶을
독기로 쏟아내시는 어무이

자식조차 지워버리고
기억 저편에 꺼내고 있는
도막 난 이야기가 아프다

한때는 지혜롭고 인자한 여인
이젠 빈 껍질로 지워버린 삶
다시 또 봄이 올까

꽃 피고 잎 나고 떨어지고 묻히고
그렇게 흘러가는 우리네 삶
나는 어디쯤일까

한순간 멋지게
한순간이라도 행복하게
단 한 순간만이라도 사랑해야지
순간이 모두일 수 있으니까?

봄비 / 정상화

봄비 땅을 애무하니
목련이 혀를 내밀고
동백은 붉은 입술로
사랑해요
사랑하고 싶어요

한 줌 바람 타고 당신 곁으로
갑니다
이미
몸도 마음도 촉촉이 젖었으니
어찌할까요
사랑해요
사랑해 주세요

그리움 한바탕 쏟아지니
산과 들이 봄바람 났습니다
가슴속 묻어둔 꽃망울들
불길처럼 터져 나옵니다
사랑입니다

봄비
자꾸만 사랑을 부추기니
가슴 터질 듯 흐르는 눈물
미친 사랑입니다
모두가
당신 때문입니다.

사람이나 개나 / 정상화

8년의 세월
사료 주고 물 챙기며
밭에 갈 때 함께하며
꼬리 흔들었는데

앞집 할머니에게
남은 고깃덩어리 가끔
얻어먹더니
꼬리 치는 방향이 달라지네

자기가 무슨 200만 원짜리
술상이라도 받은 양
머리 쳐들고 거들먹거리며
주인을 우습게 본다

꼴에 진돗개 후손이라고
먼 산 보며 고고한 척
먹이에 따라 주인을 바꿀
심산인지 날 외면하네

앞집 할머니 딸네 집 가시고
이틀을 버팅기다
남은 사료 다 먹고 밥그릇
구멍 나도록 핥고 있다.
(너는 똥개다)

치매라는 지우개 / 정상화

깊은 동굴 속
말라가는 꽃대공 화려했던
젊음을 잘라먹고 옹알이하네

지남력은 안갯속에 묻혀
소멸된 찌꺼기로 누른 벽화를
그리며 짓는 섬뜩한 미소

화려한 순간이
벌 나비 사랑이 바람의 속삭임이
등짝의 때가 되어 떨어지고

시간 앞엔 영원할 수 없는 삶
앙상한 대공 바람에 서걱이며
마지막 흔적을 지우고 있다.

이별 순간 사랑 알았네 / 정상화

무논에 잡초 뽑으려 장화발
옮기니 물이 샌다
보내야 하는가

논둑길 밟으며 고운 풀꽃에
홀려 고마움 잊고 살았네
하늘 접어 손 편지 쓴다

가시에 찔린 고통
돌부리에 차인 설움
소똥 개똥에 비벼져 매스꺼움 삼킨 괴로움
뻘속 숨 막히던 답답함
아픈 순간이 대부분이었지만
줄 수 있어 행복했다고

오해는 말거라
사랑하지 않은 순간은 없었으니

구멍을 때웠다
어쩜 함께하는 시간만큼 아픔이
길어진다 해도
차마
널 버릴 수 없구나!

시인 정승용

시노래
〈일탈〉

프로필

서울 청운동 출생
대한문학세계 시 부문 등단
(사)창작문학예술인협의회 회원
대한문인협회 경기지회 정회원

〈수상〉
대한문인협회 한국문학 발전상
대한문인협회 경기지회 향토문학상 금상
이달의 시인 선정
금주의 시 선정

〈저서〉
시집 [어른 이미지詩 늦게 배운 도둑질]

목차

시작 노트

고맙다는 말 한마디면
충분했을 텐데
그 한마디를 못해서
몰상식한 놈으로 살았다

그때부터였던 것 같다
세상과 관계가 꼬인 거

- 시 〈단면〉 중에서

시집 〈어른 이미지詩 늦게 배운 도둑질〉

초승달 / 정승용

어쩜, 너도 나처럼
사랑이란 걸 했나 보구나
뼈만 남은 걸 보니.

단면 / 정승용

고맙다는 말 한마디면
충분했을 텐데
그 한마디를 못해서
몰상식한 놈으로 살았다

그때부터였던 것 같다
세상과 관계가 꼬인 거

미안하단 말 한 마디면
다 풀렸을 텐데
그 한 마디를 못해서
파렴치한 놈으로 살았다

죽기보다 하기 싫었던 말
죄송합니다.

가을 엔딩 / 정승용

10월의 마지막 밤을
붙들고 있는
별빛이 흔들리거든
기꺼이 문을 열어주거라

가을은
붙잡는 게 아니니까

앞섶을 풀어둔
홍시 하나를 보거든
움켜쥐고 있는
햇살 한 줌 내어주거라

가을은
돌아오기 위해 가는 거니까.

사랑 증후군 / 정승용

아무래도 그 남자는
사람 홀리는
학원이라도 다니는 것 같다

하얀 운동화를 신을 때
조심하란 듯
세차만 하면 비가 오는
머피의 법칙 같다

아무튼 이번 얼룩은
만만찮은 게
지우기 쉽지 않을 것 같다.

일탈 / 정승용

가끔은
아주 가끔은 말이야

돌아와야 할 발목을 잘라내고
지켜야 할 도덕이나
양심의 가책 같은 헛소리가 없는
흐름이 흐르는 곳
거기
약속이 가끔 지켜지는 곳
그런 몽환 속으로 스며드는
낯선 여행을 꿈꾸곤 해

가끔은
아주 가끔은 말이야.

반비례 / 정승용

이미
다 잊었노라 생각했는데
몸이
여직 널 기억하고 있었다

항상
따로 놀고 있는 게 문제다
몸은
마음과 따로 놀고 있었다.

파꽃 / 정승용

속을 다 비워서라도
꽃 하나
피워올릴 수 있기를

소갈머리 없더라도
살아갈
의미를 깨우치기를.

가을 산 / 정승용

간만에 손님이라도 보신 듯
화장을 하고
창기들처럼 유혹하는 저 산

주책없이

그 속살까지 훔쳐볼성싶어
힐끔거리다
기어이 모두 올라타고 있다

잡놈처럼.

먼저 할 수 있는 일 / 정승용

소통 없이
날카롭게 말하는
사람이 있고

뜻과 달리
뾰족하게 행동하는
사람이 있다

웃는 민낯에
침 못 뱉는다는 말
믿고 싶기에

좀 헤퍼 보이더라도
먼저
웃으며 가고자 한다

이 가을 끝
너와
관계를 맺고 싶어서.

코마 / 정승용

모 아니면 도
그 경계는 단호했으므로

멈춰야 할 때
멈출 수 있다는 단호함이
링거를 거부했다

선 아니면 악
그 경계가 혼돈스러워도

만찬 같은 몸부림으로
회광반조는
끝내 코마를 거부했다

아버지 눈빛 속에는
벌써 겨울이 와있었는데…

시인 정찬경

시노래
〈매라지〉

프로필

대한문학세계 시, 수필 부문 등단
(사)창작문학예술인협의회 회원
대한문인협회 경기지회 정회원
2019년 한국문학 발전상
명인명시 특선시인선 선정 (2018,2019,2020)
2017년 한국문학 향토문학상 외
경기지회 동인문집 제3집 [별빛 드는 창]
　　　　　　　　　　　　　외 다수 공저

시작노트

갈 바람 노란 은행잎 훔쳐 가도
속상하다고 눈물 보이지 말자
올가을에는 산 너머 구름으로 살다
봄 오면 꽃으로 다시 피어나리라

　- 시 〈가을 유랑〉 중에서

목차

공저 〈삶이 물드는 순간들〉

마음 다스리기 / 정찬경

기쁘고 즐겁다가
갑자기 불안이 엄습한다
일을 너무 잘하고 싶어지면
실수가 더 많아진다

영원과 영혼을 대비하면
어떤 존재도 세월을 이길 수 없으니 슬프다

이 세상 나 하나 없다고
예정된 사건이 안 일어날까?
쓸데없이 고집부릴 것이 아니다

비가 오면 우산 준비하고
나뭇잎 떨어지면 빗자루 챙기면 된다

책 한 권 잊어버리면
내가 쓴 책이 아니니
내 것이 아니라 생각하면 된다.

땅은 살아 있다 / 정찬경

혈류가 흐른다
생명을 유지하려고 스스로 노력한다
참깨 땅콩 들깨들의
고소한 냄새가 성장한다

건물 없는 공장이다
생산품은 대부분 둥글고 갸름하다
달을 닮아서 그렇다
바람 구름 햇빛은 땅의 연인이다

농부의 자식들은
고향 떠나 도시로 갔지만
언제나 그 자리에서
수많은 생명을 키우고 양육한다.

마른번개 / 정찬경

팔월 한낮 땡볕에
들녘 곡식들이 야물게 익어갈 때
갑자기 마른하늘에 파란 불꽃
시속 삼억 육천 킬로미터 눈 깜짝할 새
하늘에 고압선 번쩍 긋는다

누가 또 큰 죄를 범했을까
땅에 엎드려 고개 숙인다

질소와 신화는 번개의 배설물
사람은 토끼처럼 놀라고
농작물은 하늘에 선물을 받는다

물에 빠져 죽으면 익사
불에 타 죽으면 소사
벼락에 맞아 죽으면 진사라

두 번 벼락 맞은 휴전선 근처 어떤 군인
일곱 번 벼락 맞고 끄떡없는 사람
새벽기도를 잘하였을까
번개 저장할 배터리를 만들어 볼까?

우리 집 장독대 / 정찬경

부엌 뒷문을 열면 장독이 있다
옆에 아담한 감나무가 있고
주변에 채송화 봉숭아가 있었다

어머니는 아침마다 옹기들을
행주로 훔치고 정성껏 닦았다
항아리 숨구멍을 터주는 일이다

맑은 하늘 흰 구름도
배고프면 잠시 쉬어 가던 곳

감꽃이 떨어지면
해가 묵을수록 깊어지는 장맛
어머니의 정성이 배어 나왔다

폭설이 내려 비닐하우스가
휘어져도
단지는 하얀 옷 갈아입고
흰 모자를 쓰고 무사했다.

가을 유랑 / 정찬경

드넓은 쪽빛 하늘
껑충 뛰면 닿을 것 같은 뭉게구름
단란한 흰둥이 가족 서쪽으로
세월 따라 바람 따라 여행을 떠난다
이대로 어디든 정처 없이 흐르고 싶지만
시간에 쫓기는 삶은 늘 여유롭지 못해
하루하루 번개같이 지나간다
갈 바람 노란 은행잎 훔쳐 가도
속상하다고 눈물 보이지 말자
올가을에는 산 너머 구름으로 살다
봄 오면 꽃으로 다시 피어나리라.

달빛 사랑 / 정찬경

가슴에 보름달 하나 키우며 산다
소리 없이 찾아온 연정
해가 지면 벌이터에서 달그림자 밟으며
터벅터벅 집으로 돌아간다
아늑하고 고요한 달빛 아래서
오늘은 그대에게 사랑을 고백하고 싶다

그런데 기다리라 한다
아무 때나 만날 수 없는 끌림
끝없는 야행의 길에서
선녀를 만나려면 보름은 참아야지
남쪽으로 창을 내고
달빛이 나타나길 기다린다.

* 벌이터 : 일터, 직장

매라지 / 정찬경

참매미가 운다
작은 몸짓 대성통곡하며 이른 아침
땅 흔들며 나무를 깨우는구나

초상집 곡성이 없어진 지 오래
사람이 울지 않으니
네가 우는 것을 가르치는구나

아침에 우는 수컷은 힘 자랑 하는 것이고
정오에 우는 것은 목이 타서
밤에 우는 것은 암컷이 그리워서
처서가 지나 우는 것은 철을 몰라서구나

어둠 속에서 긴 세월 참고 견디다
밝은 세상 순간 왔다 가는 가엾은 몸짓
여름을 뜨겁게 통으로 달궈 놓고
온몸으로 노래하며 짝을 찾는 간절함에
버드나무 장단 맞추며 그네를 타니
흥겨운 한마당 시끌벅적하구나!

* 매라지 : 매미의 전남 방언

시골 달구지 / 정찬경

신작로에 우마차 굴러간다
주름진 얼굴 밀짚모자로 감추고
고삐를 당겼다가 놓았다

방향을 지시하고
속도를 재촉한다
오래 사용해도 바퀴에
펑크도 없다

고달픈 삶이지만
땅을 파고 볏섬을 나르는 것보다
장날에 읍내 가는 일이 즐겁다

꼬불꼬불 황톳길
아이들이 인사를 한다
태워 달라는 표정
정원 승차 위반이다

시계는 느리게 돌아가고
개구리 호흡이 가쁘다
장마철 달구지는
내가 걸어가는 것보다 더 느리다
이럴 때는 우리가 뒤에서 밀고 간다.

가을이 오면 / 정찬경

철길 옆 오막살이 집은 없어졌지만
강가에 은빛 물결 예나지나 나를 흔들고
황금 들녘 바라보면 먹지 않아도 배가 불러온다

코스모스 필 때면
하늘거리는 감정
불현듯 어디론가 멀리 떠나고 싶어진다

빙판 위를 미끄러지듯 달리는 열차
새로운 나라로 데려간다
혼자 하는 기차 여행은
왠지 모르게 홀가분하다

어느 한적한 시골 역에 내려
하늘 보며 큰 소리로 외친다
시간 정지시키고 바람을 잠재우니
가슴으로 그리던 풍경화가 펼쳐진다.

우리 집 귀요미 / 정찬경

아침을 깨우는 몸짓
새벽마다 다가와 발바닥 손등 툭툭 건드리며
내 머리를 살살 긁는다
평소 높은 곳에 올라 아래만 노려보던 놈
아침에는 왜 이리 친절한지
가족들이 모여 식사할 때면
"저도 밥 주세요" 라고
나긋나긋한 소리로 야~옹! 야~옹!
다급할 때 문 열어 달라는 앙칼진 음색 영력이 다르다
모두 출근하면 혼자 남아
하루 종일 텅 빈 집을 지키다
어두워지면 비밀번호 누르는 소리에 쏜살같이 달려 나와
꼬리 올리고 등 비벼대며 뒹군다
초롱초롱한 눈매
집 밖에서는 야성이 없어
작은 소리에도 주눅이 들어 몸을 움츠린다
파리 한 마리 못 잡는 녀석이지만
우리에겐 애교쟁이 또리.

시인 조한직

시노래
〈나는 알아요〉

프로필

충남 공주 출생, 대전 거주
대한문학세계 시 부문 등단
(사)창작문학예술인협의회 이사
대한문인협회 대전충청지회 정회원
2021년 한국문학 문학대상
2015년 순우리말 글짓기 대상

〈저서〉
제1시집 [별의 향기]
제2시집 [고독 위에 핀 꽃]

시작 노트

혼자서는 아무래도
행복할 수 없습니다

삶이란
누군가와 함께할 때
기쁨과 새로운 생각과
희망이 솟는 것입니다

- 시 〈행복의 조건〉 중에서

목차

제2시집 〈고독 위에 핀 꽃〉

너는 봄이다 / 조한직

발등 위에 올라앉아
걸음마다 수런거리는 향기
날개를 단 듯 들로 산으로 내 날린다

바람결에 흐느껴도 꽃은 피고
시끄러운 소리 허공을 덮어도
웅크린 숨결은 골목마다 가쁘다

훈풍은 힘차게 대지를 달리고
아지랑이 아른아른 춤을 추며
봄 물결 하늘하늘 하늘로 내닫는다

곳곳마다 넘치는 생기에
성급한 봄꽃들 잎보다 먼저 피어
한기에 떨면서도 방실거린다

눈 뜨면 꿈을 안고 파릇파릇
곳곳에서 사랑으로 다가오는
너는 정녕 봄이다.

자유를 향하여 / 조한직

황홀한 이 봄날
그윽한 꽃향기 따라
나는 너울너울 춤추는 나비 이려오

푸른빛 짙어가고
꽃꿀을 따는 숲속의 벌 나비처럼
기쁜 마음으로 춤을 추려오

세상이 제아무리 소란스러워도
봄은 갖가지 꽃들을 피워내고
사람들 사이에 암흑이 흘러도
새들은 푸른 숲으로 날아들어
아무렇지도 않은 듯 평화롭게 노래를 한다

나는 벌도 나비도 못 되어라
나는 한 마리 새도 못 되어라
그러나 한바탕 춤을 추며 노래를 부르려오

훨훨 향기 쫓는 벌 나비처럼
까맣게 제 이름을 묻고 사는
숲속의 자유로운 저 새들처럼.

나는 알아요 / 조한직

그거 아나요
어둠에서도 별처럼 반짝이며
하얀 가슴 둥둥 두드리는 울림을

나의 갇힌 마음에서
스스로는 나올 수 없고
보름달처럼 둥글어서
가슴으로 안아야 하는 붉은 애달음

나는 알았어요
그게 그리움인걸
나는 알았어요
그게 사랑의 봉오리인걸

날마다 꽃으로 피어나는
그대의 향긋한 미소

나는 알아요
아무 말 하지 않아도
그대의 눈 속에 피어오르는
연분홍 사랑을.

욕망 / 조한직

꽃 피는 봄이 오면
하얀 꽃 붉은 꽃 고운 길을
그대와 함께 다정히 걷고 싶다

비가 내리는 날이면
함께 우산을 받쳐 들고
이야기꽃을 피우며 걷기도 하고

포근히 눈이 내리면
흩날리는 눈 속을 자박자박 걸으며
함께 눈꽃 같은 사랑을 피우고 싶다

달빛 흐르는 밤 포근히
눈빛 마주하고 밀어를 나누며
함께 외로움도 허전함도 없는
행복한 삶을 수놓고 싶다

그리움이 강물처럼 흐르면
하얗게 일렁이는 마음 조용히
그대의 향기 속으로 흐를 수밖에.

놓을 수 없는 영(無) / 조한직

사랑
너 때문에 웃다가
울기도 하지

때로는
행복의 날개를 젖기도 하고

때로는
가슴 후리는 아픔이 일지만

그래서, 툭
사랑을 놓을 순 없어

사랑은 날 선 칼 같아서
때로는 베이고 아파도
아파서 놓을 순 없어

웃음으로
외로움을 덮고
눈물을 삼키며.

행복이라는 것 / 조한직

살면서
물 흐르듯 잔잔한 일상을
행복이라 말할 수는 없다

행복이란
날마다
순간순간의 행함에 부딪히는
일상의 내계(內界)에서 흐르는
갖가지 신음을 들으며

지혜로운 율동으로
팍팍한 메마름을 부수며
부드러운 여유를 만들어 내는 것

행복이란
날마다
아침에 눈을 뜨며
오늘의 장막 속 고뇌를
한 꺼풀 한 꺼풀 헤쳐 나가는 일이다.

덧 / 조한직

세월은 또르르 나이는 덜컹
가만히 있어도 가슴을 친다

산으로 들로 없는 길을
쇠똥구리가 아니어도 구르는 세월

휘 이익 휘 이익
소용돌이 바람은 간밤에
지울 수 없는 흔적을 남기고

해와 달은 가만가만
허연 머릿결 위로 소리 없이 흐르네

기울어 기울어
억만 번 기울어도
해와 달은 여전히 뜨고 지는걸

어이한 인생은
백 년도 아닌 길을
쏜살같이 가고는 다시 못 오나.

물처럼 순응하라 / 조한직

바람이 모질다고
세월이 빠르다고 원망을 말자
비에 젖고 바람에 젖고
부딪히며 흐르는 것이 삶이다

봄이 쉬이 간다고
여름이 길다고 원망을 말자
짧은 봄도 꽃피우고 열매를 지으며
여름에 생성되는 수많은 먹거리는
모든 생명체의 사슬이 된다

만상(萬象)의 가을날 탄성을 말자
절정의 화려함 뒤로 땅거미 지면
눈 속에 박혀 가시처럼 서 있는 것들이
마음을 슬프게 한다

겨울이 시리다고 원망을 말자
하얗게 눈 덮이면 난세를 평정한 듯
솜털처럼 포근하고 평화롭게 보이느니

삶이란 굽이치는 물처럼
온갖 거슬림을 순리에 의하여
순응하도록 인도하는 것이다.

행복의 조건 / 조한직

혼자서는 아무래도
행복할 수 없습니다

삶이란
누군가와 함께할 때
기쁨과 새로운 생각과
희망이 솟는 것입니다

그리움을 스스로 억압하며
외로이 견디는 허무는 불행입니다

삶을 함께 아우를 줄 모르고
흐르는 세월을 낭비하면
행복은 멀어지고 희망이 없습니다

행복이란
혼자서는 알 수 없는
함께 아우르는 곳에서만
샘물처럼 졸졸 흐르는 것입니다.

사랑으로 살자 / 조한직

내일은 어떨까
내일이 온다 해도 기약은 없다

겨울의 긴 모퉁이를 돌아
봄이 다시 기지개를 켤 때
우리도 내일을 사랑으로 맞자

봄 여름 가을
계절 없이 꽃이 피듯이
한 번뿐인 인생 후회 없이
사랑으로 활활 피워올리자

피었다 지면 그만인 인생
원망도 짓지 말고 미움도 짓지 말고
그렁저렁 사랑하며 살자

하고도 부족한 사랑
넘치도록 꽃처럼 피워가며
한점 애절함도 없이 살자.

시인 주야옥

시노래
〈살여울에 숨은 샛별〉

프로필

대한문학세계 시, 동화, 평론 부문 등단
참 소중한 당신 명예 기자 역임
(사)창작문학예술인협의회 회원
대한문인협회 인천지회 사무국장

〈수상〉
짧은 시 짓기 대상, 신춘문학상 대상
순우리말 글짓기 전국 공모전 대상
오뚜기 푸드 에세이 공모전 최우수
에듀케어 수기 공모전 우수상
케이티 수기 공모전 당선
경인일보 글쓰기 특선, 좋은 생각 당선
중앙도서관 수기 공모전 당선, 윤동주 문학상
경인일보 손 편지 쓰기 우수상
「대한민국 독도 문예대전」 시부분 특선
보령해변시인학교 전국문학공모전 동상
지하철 공모전 당선, 허암예술제 당선
한국문학 올해의 작품상, 한국문학 발전상

〈저서 동화〉
꿈꾸는 화원, 별이 된 눈사람

시작 노트

가장 기쁜 날에도
가장 슬픈 날에도
나는 언어 밖을 떠도는 언어를 찾는다.

그 언어를 모아 시를 쓰고
그 시로 내 영혼을 닦는다.

목차

동화 〈별이 된 눈사람〉

부르다 / 주야옥

한 알의 작은 씨앗이
어두운 땅속을 밀어 올리는 것은
따스한 햇살이 불렀기 때문이다

여리고 여린 봄꽃이
깜깜하고 깊은 밤
홀로 별빛을 보며 꽃망울을 터뜨린 것은
비를 불렀기 때문이다

내가 아픔 속에서
너를 흔들어 깨우면서 부른 것은
내가 봄이 되어서
너에게 가고 싶기 때문이다.

살여울에 숨은 샛별 / 주야옥

어느 때부터였을까
가슴 한쪽이
삐걱 삐거덕 흔들린다

왈칵 쏟아지는 그리움이
살포시
가슴을 건드려 놓는다

너를 기다리는 건
물안개 가장자리에 떨어트린 이름을
맨몸으로 주워 오는 것이다

저물녘 흔들바람
까치놀 너머의 햇발
별똥별 한 줌 이끌고
너는 꼭 와야 한다

나는 느릿느릿 오솔길을 걷는다
나비 감투밥 닮은 도라지꽃 앞에
건밤을 조용조용 퍼 담는다

깨지기 쉬운
깨지기도 했던 그리움을
휘휘 저어 삼킨다

들꽃 피고
별빛 내리는 마루턱 언덕에 올라
가만가만 너를 부른다

너를 기다리는 것은
살여울 깊숙이 숨은
샛별 하나를
맨손으로 꺼내 품는 것이다.

엄마는 별빛 타고 오시나요 / 주야옥

뒷동산 풀밭에
팔베개하고 누우면
살랑살랑 바람 사이로
방긋 웃는 개망초 노래가 들려와요

실개천 송사리 떼는
첨벙첨벙 햇살을 따라 놀고
풀잎 그림자 따라 하루 종일 뛰놀아도
기다리고 또 기다린
구름 동산 가신 엄마는 보이지 않아요

초록 들판 끝까지
자박자박 걸어가
보랏빛 자운영 꽃잎
한잎 두잎 따서
꽃목걸이 만들어 목에 걸고 놀아도
구름 나라 가신 엄마는 아직 오지 않아요

밤하늘 별들이
하나둘 피어나고
달님도 살며시 웃고 있는데
엄마의 발걸음 소리는 들리지 않아요

가만가만 풀잎에
귀를 대보면
엄마 목소리가
바람결 따라 살짝 스쳐와요

눈을 꼭 감고
가슴에 손을 얹으면
엄마 품처럼 따스한
풀밭 이불이 나를 꼭 안아주어요.

꽃잎 바람개비 / 주야옥

초록 들판에 피어난 작은 꿈 하나
한 잎 한 잎 고운 향기 모아

꽃잎으로 만든 꽃잎 바람개비
하얀 나비 노랑나비 불러 모아

빙글빙글 빙글빙글 빙그르르 고운 꿈 담아 입김을 후 불면
고운 꿈도 빙글빙글 빙글빙글 빙그르르 피어나요

연둣빛 바람 살랑살랑 속삭이는 날
한 잎 한 잎 고운 빛깔 모아

꽃잎으로 만든 꽃잎 바람개비
햇살이 붕붕이 불러 모아

빙글빙글 빙글빙글 빙그르르 예쁜 꿈 담아 입김을 후 불면
예쁜 꿈도 빙글빙글 빙글빙글 빙그르르 돌아가요.

Dream 체조 송 / 주야옥

공부가 힘들 땐
밤하늘의 별님을 보아요
깜깜한 밤에도 반짝반짝
"할 수 있어!" 윙크하잖아요

One two three four! Two two three four
오른팔 쭉쭉! 왼팔도 쭉쭉!
기지개 하늘까지 쭈우욱
별 구름도 놀라요

책을 다시 펼쳐봐요
책 냄새 쏘~옥 들이마셔요
들판 위로 훨훨 날아가는
꿈 나비 잡아보아요

핑핑핑 피파핑! 꿈의 문이 열려요
쿠루룰 쿠쿠쿵! 마음이 방긋 자라요
슈리슈리 얍얍! 내 꿈이 반짝반짝
꿈 나무에 하나 둘 꽃이 피어요

별들도 반짝 반짝 박수 짝짝!
우리의 꿈을 응원해요
"으샤으샤 으샤라!" 소리쳐요
마음속 꿈이 자라나요

핑핑핑 피파핑! 꿈의 문이 열려요
슈슈슈 샤랄라! 내 꿈에 날개 달아요
꿈나라로 출발 핑핑핑 피파핑.

설렘 / 주야옥

수많은 인연 중에서
네가 나에게 다가온 그날

엄마의 가슴은 조용히 떨리며
말할 수 없는 설렘으로 가득 찼단다

둥그런 배 위에 손을 얹을 때마다
손끝으로 전해지던 너의 작은 심장 소리

그 조그만 떨림이
엄마를 살아가게 하고
끝없는 감격의 눈물을 흘리게 했지

네가 엄마에게 온 순간
세상은 온통 초록빛으로 물들었단다

봄날의 새싹처럼
너의 존재가 희망이 되어
엄마의 하루하루를 빛내 주었지

고마워
나의 아들, 딸이 되어 주어서
너라는 기적으로 엄마의 세상이 다시 태어났단다.

엄마에게도 쉼표가 필요해 / 주야옥

네가 작은 숟가락을 들고
첫입을 머금던 순간
엄마의 가슴엔 노을이 피었지

반듯한 책상에 앉아
고요히 책장을 넘기는 너를 볼 때면
세상을 다 얻은 듯 행복했어

하지만 엄마도 엄마가 처음이라
서툰 손길로 널 감싸안고
수천 번 수만 번 마음으로 다독였단다

미안해 가끔은 지쳐서
너의 작은 손을 놓친 적도 있었지
미안해 가끔은 지쳐서
너의 작은 손을 놓친 적도 있었지
직장일도 집안일도 그리고 엄마로서의 꿈도
모두 완벽하고 싶었지만

엄마의 두 손으론 모자랄 때가 많았어
그래서 말야
엄마도 잠시만 쉬어도 될까?
파도도 밀려오고 밀려가듯
바람도 불다 멈추듯
엄마도 가끔은 숨을 고르고 싶어

엄마에게도 엄마에게도
조용히 기대어 쉴 작은 쉼표 하나가 필요해
그렇게 잠시 숨을 고르고 나면
더 따뜻한 손길로 너를 안아줄 수 있을 테니까.

풀잎 사랑 이야기 / 주야옥

달님과 별님이 속삭이고 간 풀밭에 앉아
풀꽃 한 송이 따서 풀꽃반지 만들어 놓고
아침이슬이 풀잎마다 써 놓은 편지 읽어내며
언제쯤 그 아이 이곳을 지나갈까
가슴이 콩닥콩닥 떨려와요
아무리 기다리고 기다려도 그 아이 오지 않아
풀잎 사이 사이에 새겨 놓은 애절한 풀잎 사랑 이야기

저녁놀이 들판을 물들이며 노을 향기 두 손 가득 모아
노을 꽃 한 송이 따서 노을 꽃반지 만들어 놓고
노을빛 이야기가 바람에 스치면
언제쯤 그 아이 이곳을 다녀갈까
가슴이 두근두근 가려와요
기다리고 기다려도 그 아이 보이지 않아
노을빛에 새겨 놓은 아련한 노을 꽃 사랑 이야기

나나 나나나나 오늘도 기다려요
그 아이 손에 꼭 끼워줄 내 사랑 풀꽃 반지.

바다를 붙잡은 일 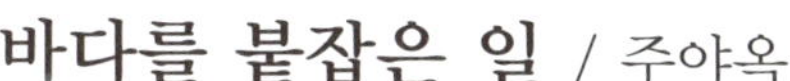 / 주야옥

출렁이는 파도 속에서
나는 바다의 속눈썹을 본다

손가락으로 네모를 그려
너의 영혼을 살며시 담아본다

바다를 붙잡는다는 건
천 갈래 물결의 숨결을 품는 일이다

가장 아름다운 여행은
무의도의 맑고 푸른 바다를
한 바가지씩 가슴에 담아 오는 것

그것이 무의도 여행의 시작이다.

품다 / 주야옥

내가 벙벙할 때
너를 찾는 것은
바람을 불러 구름을
품기 때문이다

내가 울가망할 때
너를 바라보는 것은
해님을 불러
꽃들을 피워내기 때문이다

내가 꿈을 만들 때
너를 바라보는 것은
어둠을 불러 샛별을
품기 때문이다

오늘도 나는
별숲을 본다

바람에 흔들리는
샛별을 마신다

쿵쿵
가슴이 떨린다.

》우리말 뜻
* 벙벙하다 : [행동] 1. 얼빠진 사람처럼 아무 말이 없다
                     2. 물이 넓게 밀려오거나 흘러가지 못하여 가득 차 있다.
* 슬프다 : 원통한 일을 겪거나 불쌍한 일을 보고 마음이 아프고 괴롭다.
* 바람 : 기압의 변화 또는 사람이나 기계에 의하여 일어나는 공기의 움직임
* 구름 : 공기 중의 수분이 엉기어서 미세한 물방울이나 얼음 결정의 덩어리가 되어 공중에 떠 있는 것
* 울가망하다 : 근심스럽거나 답답하여 기분이 나지 않는 상태이다.
* 해님 : '해'를 인격화하여 높이거나 다정하게 이르는 말.
* 꿈 : 실현하고 싶은 희망이나 이상.
* 어둠 : 어두운 상태. 또는 그런 때.
* 샛별 : '금성'을 일상적으로 이르는 말
* 별숲 : (유의어) 별들이 총총 떠 있는 하늘을 비유적으로 이르는 말.
* 가슴 : (표준) 목과 가로막 사이의 부분. 심장, 허파 등이 있다.

시인 주응규

시노래
〈夏日의 午睡
　(여름날의 낮잠〉

프로필

시인, 수필가
대한문학세계 시, 수필 부문 등단
(사)창작문학예술인협의회 부이사장
대한문인협회 부회장
대한문예창작대학 지도 교수
한국문인협회 지회지부협력위원회 위원
한국 가곡작사가 협회 이사
문학 어울림 회장

〈저서〉
1시집 "人生은 詩가 되어 흐른다"
2시집 "삶이 흐르는 여울목"
3시집 "시간위를걷다"
4시집 "꽃보다 너"
수필집 "햇살이 머무는 뜨락"

목차

제4시집 〈꽃보다 너〉

시작 노트

허울 좋은 우리네 인생살이
시간의 건반 위에서
제각기 각양각색의 음계를 튕기다
홀연히 사라지는 바람이런가!

- 시 〈시간위를 걷다〉 중에서

삶이란 흔들리며 피는 꽃이다 / 주응규

세상이 흔들면 여지없이 흔들려라
고요한 정적을 흔들어 깨워야
심장이 고동치며
세상은 어우렁더우렁 돌아간다

세상이 흔들면 저항 말고 흔들려라
태곳적부터 서로서로 흔들어가며
삶은 이어져 왔다

너 나 할 것 없이
절대적인 삶은 존재하지 않는다
기쁨에 감사히 흔들리고
슬픔에도 순종하듯 흔들려라

삶이란 달이 지구를 공전하듯
상호 간에도 타협하고 조율하며
나날이 새로운 바람이 불어와
살갑게 흔들고 있다

흔들어야 흔들려야 돌아가는 세상
세상은 흔들리며 변화의 물결에
서서히 적응된다

인생의 오묘한 이치는 흔들리는 것이다
불현듯이 부는 어느 바람이
앙상한 마음가지 끝에서
햇살을 흔들고 있다

삶이란 날마다 새로운 바람이
하루를 흔들어 깨우는 생명체다

매사에 감사히 흔들려라
삶이란 흔들리며 피는 꽃이다.

곡선미학 / 주응규

삶의 유희곡선은 회오리바람 속
기쁨과 슬픔의 선율이
교차하는 어울림이다

곧게 뻗친 지름길을
약빠르게 홀로 가기보다
고불고불 세월이 감돌아 앉아
무수한 땀방울이 얼 녹은 길을
더불어 걷고 싶다

동행하는 나그네의
보폭을 맞출 수 있는
유연성을 삶에 녹이고 싶다

모나게 처신하는 독선보다
둥글게 두루 포괄하는
조화로운 삶을 입고 싶다

직선과 곡선이 교차하는
오묘한 삶의 굴레는
화려한 듯싶지만
투시되는 각도에 따라
달리 보이는
슬픈 행위예술의 춤사위다.

봄날 / 주응규

삼동(三冬)을 갉아먹은 앙당그러진
가슴 속 살풍경을 밀어내고
앙상한 가슴 자리에
초록 물꼬를 튼다

싱그러움 감도는 풀빛으로
봄 색칠을 해놓으면
햇살 담은 상긋한 봄바람이
수줍은 듯 야릇한 미소를 띤
꽃망울을 흐드러지게
맺어 놓는다

가슴이 설레는 봄날은
처처(處處)에 봇물 터지듯
꽃망울 망울 터뜨린
꽃물결 속을 유영(游泳)한다.

민들레 연서 / 주웅규

그대와 함께 노닐던 강변 언덕에
쓸쓸히 바람 분다
바람이 분다

그대는 어디로 떠나가고
나 홀로 추억에 젖어 들 때
강물처럼 밀려오는 그리움이
저녁 강 노을에 물들어간다

그대와 정답게 거닐던 강변 언덕에
지금은 쓸쓸히 바람 분다
바람이 분다

지난날 둘이서 다정히 꽃피우던
사랑 이야기는 민들레 꽃으로
강변에 피어난다

민들레 꽃잎을 스치는
못다 한 이야기는
민들레 홀씨 되어 실바람에
멀리 저 멀리 날아간다.

夏日의 午睡(여름날의 낮잠) / 주응규

입안 단내 풀풀 토해내는 힘겨운 삶
먼 길 떠나던 지친 길손이
산수 수려한 어느 길모퉁이
청청거목 그늘 밑에 몸뚱이를 두고
몽환(夢幻)은 뜬구름에 실어
미지의 세계에 안착한다

여기가 어디매 인가!
몽롱한 운무 걷혀 시야에 펼쳐진
별유선경(別有仙境)에 매료되어
한껏 노닐라 치노라니

천 리 밖 아득히 먼 곳에서
구슬피 부르는 울음 하도 애달파
현실과 망상의
경계선에서 서성이는 나그네

인생길은 어디매 선가
한 번쯤 걸었을 법한 길을
도로 걷는 길이런가!
어느 여름 한낮
꿈속의 꿈길에서 진리를 묻다.

*별유선경(別有仙境) : 사람이 사는 세상과는 별도인 신선이 사는 곳이라는 뜻으로,
경치가 매우 아름다운 곳을 이르는 말.

반딧불이 / 주응규

해 저문 외진 강여울에
시름의 허물을 벗어 둔
고단한 근심가지는
은하수에 흐르고

아스라이 멀어진 날들은
달빛에 편편이 바스러져
별빛으로 깜박인다

으스름달에 초조로이 잠긴
산자락 기슭 묘지를 지나
동구 밖 길섶에 다다라

먹빛 가슴 올올이 풀어헤쳐
해 묵혀 온 초록 심지에
애절한 그리움을 켠다.

가을 기억의 편린 / 주응규

불현듯 갈바람이
가슴을 소슬히 관통해
시리다

가을이 오고서야
그대가 떠나고 없다는 것을
비로소 알았다

조각조각 난 기억의 편린들이
비에 젖고 햇볕에 그을려
바람 속으로 사라졌다

가슴 틈새로 스며든
단풍빛이 알려줬다

떠나간 인연보다
곁에 머무는 인연이
소중하다는
사실을.

가을날의 고백 / 주응규

계절이 옹골차게 익어가는 날
바람결에 묻어나는 그리움에
그렁그렁 차오른 눈물이
가을날을 물들이면

세월이 삼켜버린 추억의
연둣빛 푸른 뺨은 수줍은 듯
단풍으로 붉게 물듭니다

지난날
그대로 인해 흔들리던 가슴은
느지막이
들국화로 피어나 사랑을 전할 때
그윽이 향기가 풍기면

오랜 세월 가슴에 곰삭히던
사랑의 고백을
가을날에 풀어 놓습니다.

겨울 산책 / 주응규

머리맡의 얼어버린 자리끼같이
천지간이 정적에 잠겼다가
쩡쩡 갈라지는 겨울 속을 걷는다

뭇발길에 비켜선 먼 산자락
절벽에 뿌리내린 노송은
잔솔가지에 백화(白花)를
난만히 피운 채
의연한 기백이 푸르르다

고드름같이 하얗게 날이 선
창백한 햇살을 흠빨며
근근이 목숨 줄을 부지하는
무수한 생명이 실살스레
봄을 피우기에 분주하다

자연의 맥박이 쉼 없이 고동쳐
분홍 꿈을 시나브로 투영하는
삶은 한겨울 날의 산책 같다.

겨울 그리움 / 주응규

꽃 피고 잎 무성할 때는 몰랐습니다
그대가 시나브로 쏟아 내리는
사랑을 담아내지 못했습니다

그대가 떠나버린 후에야
헐벗어 시린 가슴이 때늦게
그대를 그리워합니다

생각날수록 생각할수록 그리운 그대
그대 향한 그리움이 소리 없이
하얗게 쌓여만 갑니다

꽃 지고 잎 져 앙상한 외로움에
저미는 가슴이
그대를 부르고 있습니다.

시인 최명자

시노래
〈연보랏빛 사랑〉

프로필

충북 출생, 현 대전 거주
대한문학세계 시 부문 등단
(사)창작문학예술인협의회 회원
대한시낭송가협회 회장
대한문인협회 총무국장
문화예술 종합방송 아트 TV
　　　　'명인명시를 찾아서' MC

시작 노트

내 안에 조용히 흩날릴 때
그리움으로 피어
오지 않을 하루 또 하루를 물들여도
끝내 닿지 못할 사랑

너였기에, 너였기에

－ 시 〈그리움이 피어〉 중에서

목차

공저 〈2025 명인명시 특선시인선〉

그냥 / 최명자

그냥이란 말엔
흐릿한 네가 끼어 있다

빛바랜 앨범을 넘겨보면
안개꽃 망울망울 핀
아릿한 그리움의 스냅

잊혀져 가는 것을 떠올려
다시 숨쉬게 하는
곱다시 접어 둔 추억

그냥이라는 획으로 풀리는
너라는 말.

그리움이 피어 / 최명자

조용히 피어난 붉은 꽃잎
말없이 기다리던 내 마음 같아

홀연히 바람이 네 이름 데려오면
잎 진 자리에 꽃으로 피는 너

닿을 듯 다가서면 멀어져
스쳐 지나가고
한 줄기 빛을 따라 걸어도
너 없는 길 위에 나 홀로 서서

한 번의 눈맞춤도 없이
기다림만 겹겹이 쌓이고
잊지 못한 그 마음
시간 속에 붉게 번져가
기억 속에 꽃이 된 너

내 안에 조용히 흩날릴 때
그리움으로 피어
오지 않을 하루 또 하루를 물들여도
끝내 닿지 못할 사랑

너였기에, 너였기에.

그대라는 그늘 / 최명자

노을 머문 창가에
그대 그림자 내려앉고
말없이 스친 눈빛 하나
조용히 내 안에 살아 있어요

세월이 흘러가도
변치 않은 그대 자리
스치는 바람결마다
향기가 배어 있어요

그대라는 그늘 아래
내 그림자 담아
그리움으로 채워놓고
하루를 견뎌냈어요

잊은 줄 알았던 마음
조용히 물결이 일렁이고
끝내 닿지 못한 그리움

지우려 할수록 선명해지는
그대의 눈빛
천천히 젖어와 오늘도
고요히 숨을 쉬어요.

그리울 때 꺼내보는 사랑 / 최명자

바람에 흩날리는 꽃잎처럼
너의 미소 내 마음에 내려앉아
너라는 말로
햇살 가득한 오후를 채운다

부드러운 목소리 바람결에 실려
달콤한 멜로디를 선사하고
별빛 같은 사랑 풀어놓으면
꽃잎 하나 가슴에 머문다

너의 사랑
잠시 머무는 꽃잎이 아니라
심장 속의 꽃등 밝혀
그리울 때 꺼내어 보고 싶다

너와 함께라면 시린 겨울도
봄이 된다.

연보랏빛 사랑 / 최명자

가을 햇살이 구름 덮은
푸른 하늘을 닮은 듯
연보라 꽃물결 일렁인다

작은 꽃잎 위에 머문 이슬
그대 눈빛처럼 고요히 빛나
내 마음속에 스며든다

끝없이 펼쳐진 들판 위에
서로의 그림자
연보랏빛 사랑으로 물들어

한 송이 꽃잎 속 작은 우주
그 안에 네가 있고 내가 있어
찰나의 순간도 영원처럼 피어난다

바람도 쉬어가는
개미취꽃 피어나는 이 가을 날
서로의 가슴에 아름다운 배경이 되었다

우리의 사랑처럼...

그리움의 화살 하나가 / 최명자

머릿속을 떠돌던
화살 하나가
그대의 심장에 박히던 날

그대의 따스한 눈빛에
길을 잃었습니다

그대의 동공에 투영된
한 점의 과녁

먼 훗날
한 점 그리움으로 남아 있을 그대

달빛이 나비치면
화살은 빛나는 시위를 떠나

꿈인 듯 그대를 향해 날아갑니다.

시인 최윤서

시노래
〈삶과 계란〉

프로필

대한문학세계 시 부문 등단
(사)창작문학예술인협의회 회원
대한문인협회 경남지회 사무국장
대한창작문예대학 졸업
2018년 문예창작지도자 자격 취득
한국문학 발전상
순 우리말 시 짓기 전국 공모전 동상
짧은 시 짓기 전국 공모전 동상

(공저)
2020 유화로 보는 명인명시선
명인명시 특선시인선 외 다수

시작 노트

사계절의 다른 매력을
마음껏 누릴 수 있는 지금
소소한 일상에
만족하는 삶을 누리며

위로가 되고
감동이 되는 글로
함께 하는 시간이 보람이고 행복입니다

목차

공저 〈詩 함축적 의미 목소리에 담다〉

삶과 계란 / 최윤서

날계란의
흰자와 노른자처럼
따로 또 같이
흐르고 흘러서
융화와 분열이 인생 아니겠소

기쁜 일
억울한 일
험한 세상에
아물지 못하는 눈물도 흐를 것이오

세상과 사람을 알고
굳은살로
단단해진
여렸던 가슴은 안다오

삶은
계란이라고.

사랑이 아픔인 이유 / 최윤서

알면서도 속고
모르고도 속는 마음은

바람 앞에 휘청이는
위태로운 사랑

바꿀 수 없고
버릴 수 없는 천성

젖은 눈에 박힌
지울 수 없는
잊고 싶은 순간도

심장을 저미는
상처의 고통도
안고 가는 이유이다.

헛소문 / 최윤서

자욱한 운무에
달그림자

보이지 않게
숨바꼭질하는
산 넘어 산

감춰진 진실과
드러난 거짓

형체가 있다 한들
무슨 의미가 있으랴.

남의 편 / 최윤서

남의 애기는 경청
한 사람 애기는 딴청

남에게는 화사한 웃음
한 사람에게는 무덤덤

남에게는 배려와 공감
한 사람에게는 이기심 충만

남에게는 맞춰진 시간
한 사람에게는 바쁜 시간들

행복했던 추억에
가슴이 오열하면
가려진 두 눈에
묶인 발걸음
절벽 끝이 서럽다

간절히 원했다
단 한 사람의 내 편을.

이런 사람이 좋다 / 최윤서

가진 것이 많아
거만한 사람보다
가진 것이 없어도
당당하고 겸손한 사람이 좋고

머리를 써서
잔꾀를 부리는 사람보다
마음을 쓰는
성실한 사람이 좋고

욕심이 지나쳐
이기적인 사람보다
조금 손해 보더라도
양보하는 사람이 좋고

상처 주는 말보다
진심이 담긴 말로
위로와 격려가 되는
따뜻한 사람이 좋고

실수나 잘못했을 때
거짓말로 회피하는 사람보다
실수나 잘못을 인정해서
반복하지 않는 사람이 좋고

눈앞의 이익에 따라
쉽게 변하지 않고
남의 티를 지적하기보다
자신을 먼저 돌아보는 사람이 좋다

가식과 거짓의 언행에
불신이 깊어져 사람이 떠나고
진실한 언행에
믿음이 쌓여 사람이 머뭅니다

정이 깊고
양심을 지키는
정직하고 진실한 사람이 곁에 있다면
그 인연을 소중히 가꾸세요

고운 마음에서
배려와 이해심이 돋고
양보하고 도와준 만큼
복이 되어 돌아옵니다

복 짓고
복을 쌓아
행복의 열매로 풍성한 삶을 응원합니다.

카톡 / 최윤서

썼다가 지운다
쓰고 싶지 않은데

잊으려고 애쓴다
생각이 나서

그리움에 물든다
보낼 수 없는 마음이

삭제된 글이
허공에 사라진다

추억이란 이름에 묻혀서.

단양 가는 길 / 최윤서

외로운 가슴이
오롯이 모여
웃음꽃이 메아리 되는 소백산

드러나지 않을
찢긴 가슴의 상처
빛 고운 단풍에 사그라들고

호탕한 웃음소리에
저마다의 꽃망울을 터트리는
향기 그윽한 들꽃이 사랑스럽다

누구도 알 수 없는 내일
보람되고 가치 있는
희망찬 삶에 박수를 보낸다.

소나무 / 최윤서

하늘 중에 하늘
푸름 중에 푸름
나무 중에 나무요

곧은 절개
뿌리내린 의지에
고요 속 날카로운 외침

비바람에 휘말려도
폭설에 쌓여도
한결같은 심지가 굳건하다.

병실에서 본 세상 / 최윤서

야윈 몸이 떨리는
짧은 비명이 가득한 병실

젊디젊은 시절 어디 가고
주삿바늘에 의지하고 계시는지

긴 세월에 남은 것은
굽어진 허리와
흔들리는 정신

가정을 위해 헌신했던
어르신들의 나약한 모습에
울컥 가슴이 젖어온다

기계도 오래 쓰면 고장 나듯
사람의 병도
고쳐 가며 사는 거라네

가족의 따뜻한 품에서
효도 받으며
건강하고 행복하시길

쇠약한 어르신
먼 훗날 우리들의 모습입니다.

시인 최하정

시노래
〈그 슬픔뒤에는〉

프로필

대한문학세계 시, 수필, 동시 부문 등단
(사)창작문학예술인협의회 회원
대한문인협회 대전충청지회 지회장
대한창작문예대학 제11기 졸업
문예창작지도자 자격 취득
2023년 한국문학 올해의 작품상 외

〈저서〉 시집 [사색을 벗하며]
〈공저〉
수필집 동인지 [삶이 물드는 순간들] 외 다수

시작 노트

잊은 줄 알았던 지난 시간
앗아간 줄 알았던 내 기나긴 여정은
어느덧 다가와 밤저녁까지 머문다

이젠 한껏 포옹하며
나리꽃처럼 찾아오는 이 계절 앞에

낮 뒤에도 흐르는 가녀린 가슴으로
널 한 움큼 잡아본다.

- 시 〈이 계절이 다시 오면〉 중에서

목차

시집 〈사색을 벗하며〉

봄 안부 / 최하정

여기저기 봄기운으로
산과 들이 붉어져요

뜰 안에는 앙증맞은
패랭이꽃도 활짝 피었어요

그대 머무는 곳도
노랑 개나리와 분홍 매화꽃이
입을 삐죽 내미는 지요

봄의 길목에서
요사이 그대의 안부가 궁금해져

연둣빛 파릇한 잎새에
그리움 담아 띄웁니다.

영산홍 / 최하정

기다란 꽃망울 독특한 모양새로
길가는 행인의 눈길을 끈다

봄의 시작을 알리는 관목

첫사랑이란 꽃말을 지닌 채
나지막한 화단 가에 소담히 핀 영산홍

흰색과 핑크색의 화사한 꽃잎으로 만개하며
온 들판에 자생하여 은은하게 향기 퍼지는
3월의 어느 봄날

가느다란 꽃 수술 매달고
다섯 잎의 꽃잎은
어린아이 잠투정하듯 팔랑인다.

이 계절이 다시 오면 / 최하정

하얀 미소 머금고
욕심 없는 소박한 마음으로 널 마중한다

잊은 줄 알았던 지난 시간
앗아간 줄 알았던 내 기나긴 여정은
어느덧 다가와 밤저녁까지 머문다

이젠 한껏 포옹하며
나리꽃처럼 찾아오는 이 계절 앞에

낮 뒤에도 흐르는 가녀린 가슴으로
널 한 움큼 잡아본다.

봄기운을 담은 나무 / 최하정

살을 베이듯 스치는 차가움에
하늘과 맞닿은 가지 끝에는
햇살도 쉬어가며 찬 기운 녹이려
웅크리고 졸고 있다

성에 낀 창가 너머로 여러 갈래 뻗은
잔가지 그루들 모여
서성이듯 바람에 맞장구치며 리듬을 탄다

울타리 나무들도 가지마다
훌렁 벗어던진 알몸을 하고 있다가

솔깃한 봄 입김에 한껏 물이 오르면
초록이 움튼 새싹 눈을
뾰족이 내밀고 발돋움한다

차마 그 설렘을 지울 수 없어
손 내밀고 한 움큼 담아 옮겨본다.

가버린 사랑 / 최하정

아름다운 사랑 위에 지펴진 마음
번지 없는 안갯길에 서성인다

나보다 더 날 사랑하던 임
어디에 있어도 그리움은 날개를 달고

이미 말라버린 슬픔에
가슴속은 젖은 솜뭉치 같다

희미해진 기억을 따라 이렇게 아파하는 건
그대도 어디선가
먼 하늘을 볼 것만 같아

사라져간 그림자를 불태워
나 여기 그대를 그리워한다.

가을의 초입 / 최하정

그렇게도 무덥던 여름은
살랑이는 바람결에 떠밀려
구름발치 너머로 자취를 감춘다

어느덧 한적한 산책길에도
시원한 상쾌함이 스멀대며 다가오고
나뭇가지 흔들려 깨어난 매미 울음 울면
송골송골 맺힌 땀방울 갈 길을 잃는다

따스한 햇살에 실잠자리 날아들어
가을의 초입을 알리면
산들바람 입김으로 곧 누렇게 입 벌려 바래질 아람 송이들
여기저기 매달려 농익어 간다.

사랑아 다시 한번 / 최하정

그리움을 살며시 들여다보니
추억 속에 머물다간 자국들이
차곡히 쌓여 둔치 아래 길목에서 마중한다

언젠가 느껴본 그 따뜻한 기운은
다시는 없을 거란 생각에
조용한 시간 속의 물비늘을 삼킨다

그리움마저 사라져 간 지금은
텅 비어 버린 빈 곳

그 시절을 잊지 못해
세월만 곱씹어 만지작거리며
긴 시간을 지금도 헤매고 갈망한다.

가을이 두고 간 그리움 / 최하정

긴긴 시간 파릇함을 노래하다
애틋한 마음 담아
두루뭉술한 사랑을 만들었고

바람결에 팔랑이며
가슴 시린 이야기도 엮었거늘
숙명을 다하듯이 자신을 저버리며 고개를 숙인다

곧 차가움을 뿌려댈 계절 앞에
가을이 비워둔 그 자리엔
바삭 이며 내려앉은 갈잎만이 수북하다.

싸리나무에 기대어 선 봄 / 최하정

곳곳에 핀 진달래 영산홍도
함박웃음 반기는데
싸리문 옆 봄의 멈칫거리는 모양새가
못내 아쉬운 먼산바라기 같다

봄기운에 눌려 머물러선 쑥과 냉이는
돌담 뒤꼍에서 달보드레하게 에우다가
지천으로 깔리고

텃밭에 뿌리 영글어진 초록이
달래 초장 만들어
허한 속이나 달래어 볼까

포로로 날던 솔개도 잔솔가지 위에 자리 잡고
짙어가는 어둠 속에
꼼지락거리며 잠을 청한다.

그 슬픔 뒤에는 / 최하정

라일락꽃 겹겹이 마다 그리운 자리엔
아쉬운 맘 수가 놓여
아리기만 하다

길섶에 아련히 핀 안개꽃에 남긴 말
동그마니 보고프면
내 그림자 뒤에 다녀간 흔적이나 남겨두라고

그 슬픔 추스를 길 없어
한사리 달빛 품에 포근히 안기어
붉어진 가슴을 잠재운다.

시인 홍성기

시노래
〈화살나무〉

프로필

대한문학세계 시, 수필 부문 등단
(사)창작문학예술인협의회 회원
2023년 경기도 어르신 작품공모전 문예부문 입선
2024년 한국문학 올해의 시인상 수상
2025년 우리말 시 짓기 공모전 장려상

시작 노트

대문도 달지 않고 울타리도 없는 집
"괜찮아유 잠깐 쉬어 가셔도"
"잠시 쉬어 가세요"
손 글씨 안내 문자 대문 대신 걸어 두고

다래가 열리고 석류꽃 피는
꿈 같은 정원 가꾸며 살아가는 사람
사람 냄새 나는 그를
〈대난지도〉에서 보았다

〈사람냄새〉 중에서

목차

공저 〈삶이 물드는 순간들〉

그네를 타며 / 홍성기

여름의 끝자락
매미 소리 풀벌레들 소리가
요란스레 귀청을 울린다

님 부르는 매미들 소리
아쉬움 가득 담아 여름을
보내려는 풀벌레들 소리
서로 질세라 경쟁하듯 마구마구 울어 대고

저 멀리
경의중앙선 철길을 달리는 기차는
"덜커덩" "덜커덩"
요란스레 지나간다

운길산 수종사는 유유히 흐르는
북한강과 팔당호 내려다보며
살포시 미소지며 반긴다

칠순도 어느덧 중반
나 홀로 흔들흔들 그네를 타며
노을빛 짙게 깔린 황혼 길을 걷는다.

사부곡(思父哭) / 홍성기

살얼음판 걷던 우리 가정
살림살이 조금씩 기울어 가고
살림 밑천 누렁소가 음매 음매 떠나자
천방지축 살던 우리 팔 남매
화들짝 정신 바짝 들었습니다

한여름 뙤약볕 아래 숨 헐떡이며
농사일에 하루해가 짧았답니다

고사리손들 모아 집안일 돕고
따듯한 정 하나 되니
가난도 빚쟁이도 바람처럼 사라지고

얼음장 같던 아버지 얼굴 웃음꽃 활짝 피고
창백한 모습 쓸쓸한 미소 깊디깊던 한숨도
햇살에 눈 녹듯 사라졌답니다

말없이 누워 계신 아버지 무덤 찾아 엎드리니
하염없이 흐르는 눈물 강 되어 흐릅니다

살림살이 가난해도
온 가족 오손도손 사랑 나누던
그 옛날 그때가 그립습니다.

행복한 꿈 / 홍성기

아, 벌써 가슴 벅찼던 한 해가 간다

돌아보니 회한도 많고
돌아보니 감사도 많다

내 삶에
다시 오지 않을 순간들

울 때도 있었고
웃을 때도 많았다

사랑과 이별도 겪고
잃기도 하고 얻기도 했다

미움 다툼 시기 질투 원망들
이제 모두 다 옛일 되고

사랑 용서 평안 기쁨 행복들
가득 담아 손 내미는 2026년

새로 올 날들이 새 소망 한아름 안고
내 앞에서 웃고 있다

나는 지금 행복하고
새롭게 시작된 새날들의 행복한 꿈을 꾼다.

첫눈 내린 날 / 홍성기

온 세상 하얗게 하얗게 물드니
아이가 된 나 가슴이 콩닥콩닥
어릴 적 뛰놀던 고향집 앞 마당
놀이마당 되어 추억을 부른다

앞뒷집 친구들 어우러져
천방지축 온 동네 골목길 누비고
희미해지던 친구들 떠 올리며
동심 가득 들뜬 심장이 추억을 부른다

앞 뒷동산
토끼몰이 꿩 몰이 사냥터 되고
동네 앞 논배미는
썰매 타기 팽이치기 놀이터 된다

해지는 줄 모르고 정신없이 놀다 보니
어느덧 하루해가 훌쩍 저문다

첫눈 내린 날
너나없이 철부지가 되는 날.

덕담 / 홍성기

아침마다 울리는 핸드폰 소리
친근한 벗들의 말들 싣고 와
"오늘 하루 좋은 날 되세요"
아침을 깨운다

반갑고도 귀찮지만 고맙다
잊지 않고 날 찾아 주는 그대여
변함없이 챙겨주는 몇 안 되는 나의 동행들
그대들 덕분에 난 외롭지 않다

오늘은 무슨 말
기다림 속에 핸드폰 켠다
어김없이 전해주는 영상들
감사 건강 행복을 빈다
늘 고맙고 사랑 한단다

나도 덩달아
감사 건강 행복하라고
고맙고 사랑한다고

날마다 주고받는 아름다운 말
서로 간의 막힌 담 모두 허물고
살맛 나는 세상으로 바꾸어 준다

내일은 무슨 말들 오고 가려나
되풀이로 전해지는 덕담에도
화사한 웃음꽃 저절로 핀다.

화살나무 / 홍성기

화사한 봄날엔
파릇파릇 새싹 틔워
맛있는 반찬 되어주고

땀 뻘뻘 여름날엔
초록 옷 갈아입고
싱그러움 선사한다

산들산들 가을엔
울긋불긋 단풍 들어
삭정이 같은 맘
사랑으로 녹여주고

오들오들 추운 겨울
쓸쓸한 길섶에 서서
빨갛게 빨갛게
열매 꽃 피워

지나가는 길손들
눈 호강하고
지친 하루 고단함
위로받는다.

※ 화살나무 : 가지 모양이 화살을 닮아 붙여진 이름

양수리 한나절 / 홍성기

전철에 몸 싣고
덕소 떠나 팔당 지나고
운길산 거쳐 양수역에 내리면

세미원 연꽃들 사진으로 반기고
"양수리로 오시게"
시화가 마중 한다

양수리 물레길 돌아드니
남한강과 북한강 얼싸절싸
한 몸 이뤄 팔당호 이루었다

두물머리 느티나무 밑
이팔청춘 남녀들 사랑 놀이터 되고

두물경 당도하니
백로들 둥지 튼 족자 섬
덩실덩실 춤을 춘다

'양수리 빵공장' 들어서니
구수한 빵 냄새 코를 찌르고
맛깔나게 빚어 논 빵
한입 떼어 무니 그 맛이 일품이다

어둑어둑 강 건너 바라보니
반짝반짝 양수리 황홀한 밤 풍경

이곳저곳 돌다 보니
양수리 한나절 발걸음은 천만근.

향기 나는 삶 / 홍성기

어제는
도서관 찾아 신문 보며
의인들을 찾는다

오늘은
방송 보며
의인들을 찾는다

어제도 오늘도
내 주변에서
의인들을 찾는다

성경을 읽어 보며
의인들을 찾아본다

바울은 말한다
의인은 하나도 없다고
예수님 밖에는…

우리 교회가 지향하는 향기 나는 삶
"그리스도의 향기 되어"
교회 강대상 옆에 걸어 두고
오늘도 내일도 채근이다

선물로 받은 오늘
그 삶을 살고 싶다.

살구나무 밑에서 / 홍성기

호젓한 모퉁이길 살구나무 가지들
샛노란 살구들 주렁주렁 달렸다

따스한 봄날
보랏빛 예쁜 색깔로
가슴 설레게 하던 살구꽃

어느새 6월 단오 아침
샛노랗게 익은 살구 되어
온 천지 살구 꽃밭 만들어 놓고

지나가는 행인들
가던 걸음 멈추어 추억 속에 가둔다.

사람 냄새 / 홍성기

대문도 달지 않고 울타리도 없는 집

"괜찮아유 잠깐 쉬어 가셔도"
"잠시 쉬어 가세요"

손 글씨 안내 문자 대문 대신 걸어 두고

다래가 열리고 석류꽃 피는
꿈같은 정원 가꾸며 살아가는 사람
사람 냄새 나는 그를 대난지도에서 보았다

삶에 지친 길가는 나그네
따끈한 차 한잔
시린 가슴 녹여 주고

캘리그라피 예쁜 손 글씨에
아픈 상처 치유 받고
절망한 자 용기 내어 살 소망 준다

진하디진한 사람 냄새에 취해
나도 몰래 빠져들어
'찰칵찰칵' '찰칵찰칵'

사진 속 정 많은 노인
새 친구 되어 내 가슴에 살고 있다.

※ 대난지도 : 충청남도 당진시 석문면 난지도리에 있는 섬.

시인 홍진숙

시노래
〈목단꽃〉

프로필

대한문학세계 시 부문 등단
(사)창작문학예술인협의회 회원
대한문인협회 정무국장
한국문학 예술인 금상 수상
2024년 한국문화 예술인 대상 수상

〈저서〉
시집 [천천히 오랫동안] 그 외
　　　　　　동인지 다수 참여

시작 노트

한 해의 끝에서
다시 시작하는 마음으로
삶의 이야기 여러 문우님들과
나눌 수 있는 기회를 주셔서
감사드립니다
열심히 더 정진하겠습니다

목차

시집 〈천천히 오랫동안〉

달빛이 하는 일 / 홍진숙

발없이 창문을 넘고
가슴과
목덜미에도 흘러
가슴에 덮어 두었던
비밀스러운 기억으로
꽃으로
환하게 길을 낼 때
끝없이 은화가루 피어나
아득히 그리운 이여.

처서 / 홍진숙

몇 번 비 내린 뒤 여름을 떨구어내느라 울었던
매미들 합창이 조용해졌다

산그림자 함께 지나가던
서늘하게 식은 바람 몇 줄기
구절초 향 더 짙어졌다고
어린 수수 알 알차게 여물어간다고
지나가며 소식을 알린다

펄펄 끓으며 산란했던 마음 함께 실어
떠나는 것들을 배웅하며
또 한철 건너는 지금
게으름으로 미루고 있었던 일들을
마무리해야겠다.

목단꽃 / 홍진숙

깊어진 고요가 졸고 있는 정오

짙은 자줏빛 꽃 한 송이
노오란 꽃술 보이며 몸을 여는 순간
붉은 꽃잎 한 장으로
온 사방 하늘을 가려버리는
저 견딜 수 없는 기품과 익숙한 꽃향기

어릴 적 울 엄마 몸에 배어 있던 화장품 냄새
목단꽃 향기 그 냄새

귀티 나던 자줏빛 비로드
어느 때는 붉은 양단 한복
그때 그 차림 울 엄마
그리움으로 당도한 나의 예닐곱 살
젊은 모습으로 서 계시는 꽃 둘레가
거룩하고 환하다

그토록 좋아하셨던 봄이 지고 있는 동안.

못다 한 말 / 홍진숙

입춘이 지날 무렵이면
어김없이 철 이른 봄나물 담뿍 담은 택배
아파트 현관 앞에 놓여 있곤 했는데
가지런히 누워 있는 햇순 나물은
함께 따라온
오래된 옷자락 냄새였는데
적막하게 터져 나오던
묵은 기침 소리 들리는 것 같아서
쉽게 놓지 못하고 한참을 만지작거렸는데

삼동의 한가운데서
서둘러 떠나신 지 이제 한 달여 남짓
차갑게 헛딛는 닿지 못할 안부들

이 세상 전부였던 엄마에게
하지 못한 말 참 많았는데...

지금은 창문을 열 때  / 홍진숙

나무 겨드랑이 깨우고 있는
먼 데서부터 온 부드러운 바람
닫혀 있는 창문을 열어
바깥 풍경들을 맞이한다
위층에는 갓난아기가 있는지
힘차게 들려오는 아기 울음소리
뒤꼍 응달같이 그늘져 있던
맨 아랫층집은
밝은 집으로 이사를 간다며
쩍쩍 금이 갔던 생애를 딛고 일어서느라 소란하다
얼굴 순해 보이는 그 집 어린아이들
신나는 웃음소리 여린 새순 닮았다

이곳저곳 찬란한 순간들이다.

다정하지 않은 가을 / 홍진숙

꽃의 언어로 말을 걸어오던
나팔꽃 줄기가 시들었다
지난밤 찬비에 말갛게 얼굴을 씻은 국화

여기저기서 도착하는 아는 이들
아픈 소식에
아무도 없는 빈집 같은 젖은 마음을 햇볕에 말린다

아무 일 없다는 듯
영원하지 않은 것들이여 안녕!

후회 / 홍진숙

가까이 곁에 있어도
그리운 사람이지만
서로 마음을 짐작할 수 없는 까닭에
퍼부었던 짓물러진 상처는
왜 세월이 흘러도 새살이 돋지 않는 걸까

잠이 든 그의 다리를 주물러 주면서
새삼 떠오르던 짧은 순간의 생각들.

어금니 환상통 / 홍진숙

죽은 나뭇가지처럼 쉽게
하릴없이 뽑혀 나간 자리
오전부터 세차게 비가 내렸다

빈자리를 애도하는 방법으로
통증을 견뎌내는 동안
눈에 안 띄는 저 깊은 안쪽으로
곧바로 투명한 이가 다시 자랐는지
새어나가려던 헛도는 발음을
입안으로 가두고
하루 종일 내린 비에 흠뻑 젖은
후회와 반성을 맛있게 씹고 있었다.

가벼운 것 중에서 / 홍진숙

이제 막 자란 아지랑이
정오의 갈증으로 서로 기대고 있는
빌딩들을 아장아장 기어오르고 있는 몸짓
언젠가 당신과 걸었던 청계천
돌다리를 건너고 있는 푸른 이끼들과
변함없이 흐르고 있는 개울물
지금은 잊혀 홀쭉해진
다시 찾을 수 없는 기억들.

평등 / 홍진숙

항상 왁자지껄했던
여러 형제를 키우셨던 어머니
위아래 남자 여자 차별 없이
무엇이든 한결같이 고르게 각자 몫을
나누어 주셨었다
작은 생선 한 토막까지도
그 누구도 제외되지 않도록
소외되지 않도록
다투거나 상처받지 않도록.

시인 황다연

시노래
〈어머니 꽃 개망초〉

프로필

대한문학세계 시 부문 등단
(사)창작문학예술인협의회 회원
대한문인협회 경남지회 총무국장

〈저서〉
시집 [때로는 아픔마저 사랑이었다]

시작 노트

잔잔한 고요에 기대어
스쳐 가는 시간 속에
잠시 멈추어 섭니다

마음 깊은 곳에서 들려오는
작은 속삭임 하나
그것이 한 줄의 시가 되어
오늘의 나를 비추고
세상의 빛과 마주하게 합니다.

목차

시집 〈때로는 아픔마저 사랑이었다〉

여명 / 황다연

둥근달이 서편 하늘을 넘고
세상 근심을 잠재웠던
밤의 이불을 걷어낸다

모닥불 같은 따뜻한 사랑이
그리워지는
가슴 시린 계절이다

밤을 지켰던 가로등이
하나둘 꺼지고
어제의 오늘이 길을 내어주니
붉은 여명이 스며든다

꽃이 지고 그 향기마저 시든
들꽃에서 느껴지는 애잔함에
문득 시큰해지는 콧날

밤새 외로움에 뒤척였을
샛노란 들국 향기가
말없이 내 발길을 붙든다.

봄비가 시를 쓴다 / 황다연

보슬보슬 보슬비가
소소리 바람 밀어내고
산야를 배경 삼아
봄을 담은 시를 쓴다

하늘 문 활짝 열고
풀잎 위에 꽃잎 위에
살며시 내려앉는 봄비가
그대로 시구이다

물오른 가지마다
향기 품은 초록 잎 사이로
지나가는 실바람이
스치듯 가볍게 안부 묻는다

눈 닿는 곳마다 푸른 동산
봄비가 시인인가
시인이 봄비인가
헷갈리는 순간에

봄이 오고 또 봄이 간다.

시 자연에 걸리다 / 황다연

연초록 잎새가
짙푸르게 물드는
유월 초하루

울긋불긋 경화역이 다채롭다

자연은 더 짙게
아름다운 수를 놓고
시인이 지핀 글은
꽃이 된다

아낌없이 내주는
자연의 순응
촛농 같은 희망의 시구가
조화를 이루니

눈 부신 햇살
살랑대는 실바람도
어수선한 세상 벗어나
잠시 쉼표 찍고

느낌표로 쉬어갈 요량이다.

약해지지 마! / 황다연

겨울 강에 묶여있던
경계가 풀리니
벅찬 환희로
영춘화 소망이 가지마다 피었다

거센 찬바람에 맞서며
약해지지 않겠다는 다짐
힘겹게 버틴 긍정의 힘이
샛노랗게 빛난다

해낼 수 있다는 믿음
성실함의 뿌리는 어긋남이 없다

살을 에는 아픔 속에서도
꽃은 피더라며
제자리걸음인 나에게
한 발 더 내디뎌 보라
영춘화는 소리 없이 응원한다

제발 약해지지 마!

웅성이는 환청 속에
새싹처럼 피어나는 봄빛이
희망의 옷을 입으라 채근한다.

뒤끝 / 황다연

제 멋대로인 꽃샘추위가
훈남 바람 데려와
봄 아씨 맘 설레게 하더니

뒤틀린 심술보 발동하면
까칠남 데려와
봄 아씨 여린 맘 후벼 판다

늦사랑 같은 시샘이
영하를 앞세우고 나타나서는

내 상앗빛 봄옷을
입혔다 벗겼다
얄미운 짓도 서슴지 않는다

꽃샘추위
뒤끝 참 얄궂다.

어머니 꽃 개망초 / 황다연

한낮의 햇살이 뜨거워지면
개망초꽃은
뿌리부터 그리움이 차올라

그 속내 감추지 못하고
강가의 둑을 하얗게 다
덮을 요량이다

가냘픈 몸매에
올망졸망 매단 꽃잎 사이로

오롯이 주고도 못내 아쉬움이 남아
눈물 훔치던
울 어머니 붉은 단심을 보았다

이름마저 수수하여 더 애잔한 꽃

나를 꽉 붙들고 놓을 줄 모른다.

독백 / 황다연

계절의 청춘 오월
푸른 잎사귀를 흔들어대는 바람과
따사롭게 파고드는 햇살

앞다투어 피어나는
화사한 꽃잎까지
환희로 번성하는 시기이다

푸른 잎의 가지 끝에
지지배배 노는 새와
지천으로 번져가는 봄의 향기

나도 저런 푸르른 시절이 있었지

올올이 풀어내는 저 푸른빛을 보며
멋진 인생을
꿈꾸었던 때가 언제였더라

문득 현실이 낯설어지는
생의 저녁 구간에서
유실된 지난 시간을 반추해 본다.

가을 끝자락  / 황다연

가을이 익나 싶어
눈부신 아침을 열었더니

삶의 한 자락
낙엽 되어 쓸려가고

청잣빛 하늘 한 폭
마음에 담으려니
어느새 구름이 앗아간다

파란 귀밑머리
서리 내려 하얗고

햇살 한 줌 등에 지고
남은 잔광을 거두려니

끝물 같은 삶이 반짝 눈을 뜬다.

화양연화 / 황다연

느릿느릿 일어나 창문을 열었더니
동창에 머뭇대던 햇살이
겨울바람 손잡고 훅 밀려든다

게을러도 탓할 사람 없는 나이
동분서주 바쁘더니
어느새 여기까지 왔을까

카페라테 한 잔 앞에 놓고
중천에 솟은 해 한번 바라보고
느긋하게 즐기는 아침

젊은이는 누리기 힘든 특권이
자연스레 주어진 현재의 시간을
화양연화라 말해본다

바쁜 것도 없으므로 천천히
햇볕 도타워지면
산책이나 하러 나가야지

과욕 비운 자리에
채워지는 풍요가 만사형통이라
노후 찬가 지어 읊조린다.

아미타 부처님을 친견하고 / 황다연

만산홍엽 월출산을 적시며
추적추적 내리는 가을비

돌 병풍 둘러친 높은 산 아래
무위사 극락보전 아미타불 전에
향 한 개비 올리고 합장하니

낮추거라 낮추어 살거라
그것이 극락이다

무언으로 이르시는 부처님 말씀

귀한 법문 한 소절
가슴 깊이 새기고 나와
경내를 둘러볼 때는

흠뻑 비 맞고도 즐거워
하하 호호

가을볕이 익혀놓은
노랑 홍색의 잎새들
실바람 깃을 잡고 춤을 춘다

부처님이 이르시는 극락을 본다.

후원 : (사)창작문학예술인협의회 / 대한문인협회 / 대한시낭송가협회

2026 현대시를 대표하는

名人名詩 특선시인선

(사)창작문학예술인협의회가 추천하는 대표시인

지 은 이 : 김락호 외 49인

강개준 강사랑 강순옥 강영구 강향옥 권경우 권명옥 권미정 김락호 김명수
김선목 김용호 김윤곤 김정섭 김혜정 김희선 김희영 남상욱 문익호 민만규
박경식 박영애 박희홍 서석노 성경자 성평기 송태봉 신향숙 심성옥 염경희
유영서 이경수 이현우 임강식 임세훈 장희주 전선희 정래철 정상화 정승용
정찬경 조한직 주야옥 주응규 최명자 최윤서 최하정 홍성기 홍진숙 황다연

펴 낸 곳 : 시사랑음악사랑
엮 은 이 : 김락호
디 자 인 : 이은희
편　　집 : 박영애, 이은희
표지 그림 디자인 : 김락호
2025년 12월 18일 초판 1쇄
2025년 12월 20일 발행

연락처 : 1899-1341
홈페이지 주소 : www.poemmusic.net
E-Mail : poemarts@hanmail.net

정가 : 22,000원
ISBN : 979-11-6284-631-5　　03800